Le Royaume des Fées

Par Christine Peymani

Publié originalement par Paragon en 2007.

 www.bratz.com

© 2008 TM & ©MGA Entertainment, Inc.
Tous droits réservés.
Utilisé sous licences par Les Publications Modus Vivendi Inc.

Publié par Presses Aventure, une division de
LES PUBLICATIONS MODUS VIVENDI INC.,
55, rue Jean-Talon Ouest, 2ᵉ étage
Montréal (Québec)
H2R 2W8.

Paru sous le titre original : *Bratz Pixie Power*

Dépôt légal - Bibliothèque et Archives nationales du Québec, 2008
Dépôt légal - Bibliothèque et Archives Canada, 2008

Traduit de l'anglais par : *Catherine Girard-Audet*
Montage infographique : *Modus Vivendi*

ISBN 13 : 978-2-89543-873-1

Nous reconnaissons le soutien financier du gouvernement du Canada par l'entremise du Programme d'aide au développement de l'industrie de l'édition (PADIÉ) pour nos activités d'édition.

Gouvernement du Québec – Programme de crédit d'impôt pour l'édition de livres – Gestion SODEC

Imprimé au Canada.

Chapitre 1

« Ce qui m'amène à vous parler de quelque chose de vraiment fascinant… », annonce monsieur Delgado, le professeur de chimie de l'école secondaire de Stilesville. Assise en face de sa meilleure amie Cloé à une table de laboratoire, Yasmin dissimule un superbe livre de contes de fées à l'intérieur de son livre de chimie. Elle est trop hypnotisée et absorbée dans l'histoire pour écouter ce que leur raconte le professeur. Cymbeline, la partenaire de laboratoire de Yasmin, est assise à côté d'elle et lutte pour garder les yeux ouverts.

« … Le zinc », poursuit le professeur en frappant sa baguette contre l'immense tableau périodique qui recouvre le devant de la classe.

Tandis que monsieur Delgado poursuit son discours sur le zinc, Yasmin observe l'image d'une fée gothique qui se transforme en corbeau.

Elle sursaute lorsqu'elle entend un battement à la fenêtre adjacente à la table qu'elle partage avec Cloé, leur ami Dylan et Cymbeline. Yasmin et Dylan lèvent les yeux et aperçoivent un immense corbeau d'allure très étrange qui les regarde droit dans les yeux. Dylan fait une grimace à l'oiseau qui s'envole aussitôt.

« Bon, vous pouvez commencer vos expériences », dit monsieur Delgado.

Yasmin range son livre et se tourne vers ses partenaires de laboratoire.

« Par où commençons-nous ? » demande-t-elle.

Cloé et Dylan brandissent alors leurs notes de cours, mais Cymbeline les regarde sans réagir. Cloé se penche vers elle et secoue l'épaule de la jeune fille.

« Cymbeline ? Hé, Cymbeline ! » s'exclame Cloé.

Cymbeline sort aussitôt de son état de transe.

« Hein ? Quoi… ? » demande-t-elle.

« C'est l'heure de faire notre expérience », lui indique Cloé.

« Oh, répond Cymbeline en baillant. Désolée. Je crois que j'étais dans la lune. »

Dylan manipule quelques éprouvettes remplies de produits chimiques.

« Je suis sûr qu'elle pensait à moi », affirme-t-il en souriant exagérément à ses amies.

Tout à coup, les produits chimiques explosent, recouvrant le visage de Dylan d'une substance verdâtre.

« Alors elle a un faible pour les farfadets », répond Yasmin en rigolant devant l'expression abasourdie de Dylan. Elle cherche une illustration de lutin dans son livre avant de la lui montrer.

« Tu vois ? Ils sont verts, comme toi. »

« Très drôle », répond Dylan en s'essuyant le visage.

« Jolie Princesse ! la gronde Cloé. Tu lis des contes de fées pendant le cours de chimie ? Mauvaise idée… »

Les meilleures amies de Yasmin la surnomment toujours « Jolie Princesse » en raison de sa grande confiance et de son style élégant. Yasmin est normalement une élève si dévouée que Cloé est surprise par son comportement.

Honteuse, Yasmin regarde Cloé.

« Je sais, admet-elle. Mais ce livre est fascinant ! »

Monsieur Delgado leur lance alors un regard suspicieux.

« Oh, oh, chuchote Cloé. Tu es cuite. »

« Mademoiselle Yasmin ? Ceci ne ressemble pas à un livre de chimie », fait monsieur Delgado en s'approchant de leur table de laboratoire. Yasmin fige aussitôt sur place, prise de panique.

Quelqu'un frappe à la porte de la classe et détourne l'attention de monsieur Delgado de leur table. Yasmin pousse alors un soupir de soulagement avant de fourrer son livre dans son sac.

Le directeur de l'école entre dans la classe, suivi d'une nouvelle élève qui a l'air à la fois branchée et malveillante.

« Je vous présente Lina McKnight, annonce-t-il. Elle vient d'être transférée dans notre école. »

Il abandonne ensuite la jeune fille dans la classe avant de s'éloigner.

Dylan remarque aussitôt les cheveux noirs et brillants de la jeune fille ainsi que ses vêtements super cool accentués par la lumière des néons.

« Je vais conquérir son cœur d'ici le sixième cours », chuchote-t-il.

Cloé et Yasmin répondent en roulant les yeux.

Cymbeline se ragaillardit en apercevant la nouvelle élève. Cette dernière lui lance alors un regard cool et autoritaire avant de se diriger vers une chaise libre située à l'arrière de la classe.

Dylan sort ensuite un petit livre noir de son sac et l'ouvre d'un coup sec.

« Lina, écrit-il. Je dois obtenir son numéro de téléphone pour mon PCN. »

« Ton quoi ? » demande Yasmin.

« PCN ». Les filles le regardent sans comprendre : « Je parle de mon "petit carnet noir". J'y note le numéro de toutes mes chéries. »

« Oh, ouais ? » le taquine Cloé avant de lui arracher le carnet des mains et d'inspecter les pages, tandis que Dylan tente de le récupérer.

« Hé, c'est à moi ! » proteste-t-il.

« Dylan, tu n'es sorti avec aucune des filles que tu mentionnes dans ton carnet », déclare Cloé.

Son ami hausse les épaules et se retourne pour regarder Lina.

« Bon, remettez-vous au travail ! » ordonne monsieur Delgado à la classe.

« Allez, les amis, dit Cloé en sortant une feuille de papier. Est-ce que tout le monde a fait ses équations ? »

Dylan leur tend ses réponses : « Bien sûr ! »

« Les voici », ajoute Yasmin en sortant une feuille de son sac.

Désolée, Cymbeline regarde ses partenaires de laboratoire.

« Excusez-moi. J'ai oublié. »

« Cymbeline ! Je dois absolument avoir un A dans ce cours ! » s'écrie Cloé. Les autres se tournent vers Cymbeline pour entendre ses explications.

« Oh, allons. Ce n'est qu'un devoir, reprend Cymbeline en se moquant. Vous réagissez comme s'il s'agissait d'un drame. »

Cloé et Yasmin s'échangent un regard inquiet. Pendant ce temps, Dylan fait tourbillonner des produits chimiques dans une éprouvette. Il tend ensuite le mélange à Lina avant de lui demander : « Hé ! Sens-tu la chimie ? »

Lina secoue la tête et repousse ses longs cheveux noirs derrière son épaule. Dylan a l'air déçu.

La cloche retentit alors et les élèves sortent de la classe. Dylan jette son sac à dos par-dessus son épaule, essuie les dernières gouttes de substance verte sur son visage et se lance à la poursuite de Lina.

Une jolie fille plus jeune sort alors d'une autre classe avant de se dresser devant Dylan. « Salut ! » lance-t-elle joyeusement.

Les yeux toujours rivés sur Lina, Dylan fonce sur la jeune fille. Les livres de cette dernière volent un peu partout, et Dylan l'aide distraitement à les ramasser en ne quittant pas Lina des yeux.

« Oh, hum, désolé, hum... » bredouille-t-il. Il regarde la jeune fille sans pouvoir se souvenir de son nom.

« Je m'appelle Breeana, lui rappelle-t-elle. Je suis la petite sœur de Cymbeline. »

« Oh, ouais, c'est ça », répond distraitement Dylan.

« Dis donc, je me demandais si... », commence Breeana. Elle baisse les yeux vers ses livres,

puis se force à pour-
suivre. « Est-ce que tu
vas au Bal Magnolia? »

Elle parle rapide-
ment, puis elle reste
plantée là remplie
d'espoir.

Lina s'arrête en-
suite devant une
fontaine pour boire
de l'eau, et lorsqu'elle
se retourne, elle aper-
çoit Breeana qui parle à
Dylan. Elle marche ensuite
vers eux en se déhanchant
et en esquissant un sourire
hautain.

« Ouais, j'avais raison. Elle
se rend bien compte de la
chimie qu'il y a entre nous »,
dit Dylan bêtement.

©MGA

« Quoi? » demande Breeana, confuse.

« Son radar a finalement capté mes ondes amou-
reuses », poursuit-il.

« Quoi ? » Elle se retourne pour voir ce qui attire autant le regard du garçon, et elle aperçoit Lina qui leur sourit. Elle se tourne ensuite vers Dylan et discerne son regard rempli d'amour. « Oh », dit-elle, blessée.

Lina fait un clin d'œil à Dylan avant de poursuivre sa route.

« Désolé, dit Dylan en reprenant ses sens. M'as-tu demandé quelque chose ? »

« Non, répond Breeana tristement. Rien du tout. Laisse faire. »

Elle s'éloigne en laissant tomber ses épaules.

Cloé, Yasmin et Cymbeline sortent alors de la classe.

« Alors, Cloé ? Pourquoi t'inquiétais-tu autant ? Nous avons eu le temps de tout terminer », lance Cymbeline.

« Ce n'est certainement pas grâce à toi et à ta petite sieste », lui répond Cloé.

« Peu importe », lâche sèchement Cymbeline. Elle s'apprête à s'éloigner dans le couloir lorsque Yasmin lui bloque la route.

« Hé, Cymbeline, attends un peu. Je sais que je lis parfois un autre livre en classe pour rendre la chimie plus intéressante, admet-elle, mais si tu continues comme cela, tu vas échouer le cours. »

« Ça suffit. Je viens de me taper un cours, alors je n'ai vraiment pas envie d'entendre tes discours », soupire Cymbeline.

« Que se passe-t-il ? Tu es… différente depuis quelque temps. »

« Contrairement à certaines personnes, je deviens plus mature en vieillissant, répond Cymbeline. Je dois y aller. »

Cloé et Yasmin sont sidérées par ces commentaires sarcastiques. Elles la regardent s'éloigner, étonnées.

Cymbeline s'approche ensuite de Lina, qui est seule, et lui chuchote quelque chose à l'oreille. Les deux filles se tournent ensuite vers Cloé et Yasmin avant d'éclater de rire et de s'éloigner bras dessus bras dessous.

Dylan se joint ensuite à ses amies.

« Est-ce que Cymbeline la connaît ? » interroge-t-il.

« Comment pourrait-elle la connaître ? demande Cloé. Lina est une nouvelle élève. »

« J'en sais rien, mais il se passe quelque chose d'étrange avec ces deux filles », fait Yasmin.

Dylan se frotte ensuite le menton d'un air songeur.

« Vous savez ce dont Lina a besoin ? D'un partenaire pour l'accompagner au Bal Magnolia, et je sais exactement quel est son genre ! »

Sasha et Jade rejoignent leurs meilleures amies dans le couloir.

« Salut », dit Sasha.

« Salut », répond Yasmin, encore distraite par son altercation avec Cymbeline.

« Tu sais, assure Cloé à Dylan, si tu te concentrais sur une seule fille, tu aurais peut-être des chances qu'elle te prenne au sérieux. »

« Tu ne comprends pas, proteste Dylan, ça fait partie de mon devoir de partager mon charme irrésistible avec le plus de filles possible. Je suis Dylan le magnifique… »

Il est interrompu par le croassement de l'immense corbeau aperçu un peu plus tôt par la fenêtre. Ce dernier plonge sur Dylan qui se met aussitôt à hurler en essayant de le faire fuir. Le corbeau saisit le sac à dos du garçon avec son bec et s'envole à l'extérieur en se faufilant par une fenêtre ouverte.

« Ouah! Vous avez vu ça? » s'exclame Yasmin.

« Hé! s'écrie Dylan. Mon peigne est dans ce sac, ainsi que mon gel à cheveux! » Horrifié, il regarde ensuite les filles : « Et mon PCN! Reviens ici, espèce d'oiseau galeux! » Il se précipite à l'extérieur à la poursuite du corbeau.

« Je vous présente monsieur l'Irrésistible », proclame Sasha en riant.

Chapitre 2

À l'extérieur, Dylan saute sur sa motocyclette et roule sur la route de campagne en direction de Stilesville. Il suit désespérément le corbeau qui vole devant lui en tenant son sac à dos avec ses serres.

« Hé, ce sac contient toute ma vie amoureuse ! » s'écrie Dylan en brandissant son poing vers l'oiseau.

Le corbeau lui répond en croassant, puis disparaît dans les bois qui longent la route.

« Oh non ! Il est parti hors-piste, gémit Dylan. Je déteste ça ! Ce n'est pas une moto tout-terrain. »

Il n'est toutefois pas question qu'il laisse cet oiseau s'échapper. Il décide donc de rebrousser chemin et de se diriger dans la forêt. Le moteur de sa moto s'emballe lorsque ses pneus écrasent de petits buissons.

« Ah ! Oh ! Ouf ! » s'écrie Dylan en baissant la tête pour éviter les branches qui se dressent sur son chemin.

Il pénètre alors dans une clairière humide jonchée de feuilles, de champignons et de feuilles mortes moussues. Sa motocyclette frappe un tronçon et tombe à la renverse avant se s'effondrer bruyamment sur le sol. Il se relève en frottant ses blessures et retire son casque d'un coup sec.

« Où es-tu, hein ? hurle-t-il. Viens ici, espèce d'oiseau stupide ! »

Un hibou perché dans un arbre avoisinant hulule aussitôt. Son cri résonne profondément dans la clairière. Un autre oiseau lui répond en poussant un cri effrayant.

Dylan avale péniblement sa salive. Il est terrifié.

« Tu sais, à bien y penser, pourquoi ne gardes-tu pas le sac à dos ? Aucune de ces filles ne m'a jamais rappelé, de toute façon ! »

Il se tourne vers sa motocyclette et sursaute aussitôt. Sa moto est remise à l'endroit, et Lina y est appuyée.

« Lina ! D'où… D'où sors-tu ? » balbutie Dylan, effrayé.

« Tu as perdu quelque chose ? » demande non-chalamment Lina en brandissant le sac à dos de Dylan.

« Mon sac à dos ! s'exclame Dylan. Comment as-tu fait pour le récupérer ? »

Lina s'avance vers lui en le regardant droit dans les yeux.

« Tu ne voudrais surtout pas perdre ton PCN, n'est-ce pas ? » le taquine-t-elle.

Dylan recule, nerveux.

« Euh… en effet. Mais comment sais-tu… ? Bon, eh bien, je dois y aller. Je suis en retard pour mon cours de cuisine. »

Lina tend le bras et saisit sa main en esquissant un sourire malin.

« Viens ici. J'ai quelque chose à te montrer. »

« Je… Je dois vraiment partir, insiste Dylan. Nous apprenons aujourd'hui à… faire autre chose avec des toasts, et… »

©MGA

« Aurais-tu peur d'une petite aventure ? » demande Lina.

« Non… Non. Bien sûr que non ! proteste Dylan. Je n'arrête pas de suivre des filles étranges dans la forêt ! »

« C'est bien ce que je pensais, répond Lina. Allez, viens ! Suis-moi. Je t'emmène à un endroit bien plus cool que ton cours de cuisine. Tu entends ça ? »

Dylan entend alors de la musique techno résonner au loin.

« Hé… » dit-il en affichant un sourire confus.

« La musique est bonne, n'est-ce pas ? »

« Ouais. Mais d'où est-ce qu'elle vient ? »

« Ça me fera plaisir de te le montrer », lance Lina avec un sourire sournois.

Lina entraîne Dylan de l'autre côté de la clairière en tenant toujours sa main. Elle s'arrête devant un gros arbre mort où se trouve une large entrée menant à une sorte de grotte. La musique semble provenir de l'intérieur. Dylan, complètement hypnotisé, suit Lina.

À l'extérieur du centre commercial de Stilesville, Cloé et Yasmin accrochent une banderole annonçant : « Bal Magnolia – Samedi prochain ! » sur les branches d'un superbe magnolia. Les pétales blancs des jolies fleurs de l'arbre virevoltent autour des filles qui installent des lumières blanches parmi les branches.

« Terminé ! » dit Cloé en reculant pour admirer leurs décorations.

« Beau travail, Angel », déclare Yasmin. Les amies de Cloé la surnomment « Angel » en raison de son imagination fertile et de son style divinement éblouissant.

Sasha et Jade marchent vers elles.

« Salut, les filles, lance Sasha. Je viens juste de rencontrer le D.J., et laissez-moi vous dire que la musique sera extra ! »

« C'est génial, Bunny Boo », répond Cloé. Les filles surnomment toutes Sasha « Bunny Boo » pour son style très hip-hop.

« Le traiteur est prêt, lui aussi », ajoute Jade.

« C'est parfait, Kool Kat », affirme Yasmin. Le surnom de Jade est « Kool Kat » parce qu'elle est toujours au courant des dernières tendances de la mode.

« Où est Cymbeline ? demande Sasha. Je croyais qu'elle devait vous rencontrer ici. »

« Ouais, eh bien il semble qu'elle se soit désistée », fait Cloé.

« Mais son père finance le bal ! proteste Sasha. Et elle est en charge de l'organisation ! Elle ne peut pas se désister. »

« Elle a dû avoir un empêchement, ajoute Jade. Ce n'est pas son genre. »

« Je ne sais plus quel est son genre », avoue Yasmin.

Perplexes, Jade et Sasha regardent leur amie, et Cloé décide de leur expliquer.

« Nous croyons qu'elle a des ennuis. »

« Quoi ? s'écrie Sasha. Impossible. Pas Cymbeline. C'est la personne la plus responsable que je connaisse. »

« Plus maintenant », insiste Yasmin.

« Il se passe quelque chose d'étrange et je veux savoir quoi, déclare Cloé. Je crois que nous devrions nous rendre immédiatement chez elle pour le découvrir. »

« Mauvaise idée, interrompt Jade. Tu sais à quel point son père est sévère – personne n'est invité chez les Devlin. Tu ferais mieux de lui téléphoner. »

« Nous avons essayé, répond Yasmin, mais elle ne répond pas. Écoutez, Cloé a raison. Je pense que c'est sérieux. »

« Si tu le dis, je te crois », reconnaît Sasha à contrecœur.

« Qu'en penses-tu ? » demande Yasmin.

« D'accord, répond Jade. Je suis toujours prête à aider une amie dans le besoin. »

Le vent souffle et les filles sont recouvertes de grosses fleurs blanches qui tombent du magnolia.

« Comme c'est joli ! » s'exclame Cloé.

Les filles ramassent leurs affaires et se dirigent ensuite vers la maison des Devlin.

Chapitre 3

Ce soir-là, Cymbeline se glisse furtivement dans le salon, vêtue d'une tenue de fête. Tandis qu'elle se dirige vers la porte, Breeana surgit de l'ombre avant de demander :

« Tu sors ? »

Cymbeline sursaute aussitôt : « Breeana ! Qu'est-ce que tu fais à rôder ainsi ? »

« Ce n'est pas moi qui rôde. Alors, où vas-tu habillée comme ça ? »

« Pas de tes affaires », répond sèchement Cymbeline.

« Depuis quand est-ce que ce n'est pas de mes affaires ? On se dit toujours tout. »

« Les choses ont changé », fait Cymbeline.

« Comme tu veux, répond Breana en se dirigeant vers l'escalier. Je demanderai à papa où tu vas. Après tout, je suis sûre qu'il t'a donné la permission de sortir. »

Cymbeline écarquille aussitôt les yeux. Elle agrippe Breeana par le poignet avant de lui dire méchamment : « Si tu fais ça, tu peux oublier que tu as une sœur ! »

« Aïe ! Tu me fais mal. »

Cymbeline relâche son emprise avant de poursuivre doucement : « Désolée, mais c'est… C'est un secret, d'accord ? Je ne veux pas que papa le sache. Nous gardons toujours nos secrets, n'est-ce pas ? »

« Mais… » Breeana s'arrête, ne sachant trop quoi ajouter. Elle a soudain une idée : « Pourquoi ne puis-je pas venir avec toi ? »

Cymbeline hésite, puis elle sourit à sa sœur.

« Peut-être… Si tu promets de ne rien dire à papa. Je vais dans un endroit vraiment cool. J'ai hâte que tu le voies ! »

« Vraiment ? Quel est cet endroit ? »

L'interphone retentit à cet instant. Cloé, Sasha, Jade et Yasmin sont postées à côté de l'interphone dans l'entrée de la maison des Devlin. Un immense mur de pierre longe le trottoir et les empêche de voir la maison.

« Vous voyez ? lance Jade en pointant le mur. Je vous avais bien dit qu'ils aimaient protéger leur vie privée. »

« Il n'y a personne, déclare Sasha. Partons. »

« Ouais, acquiesce Jade. Je dois terminer ma dissertation sur l'histoire de l'application moderne de la loi. »

Tandis qu'elles s'apprêtent à partir, elles entendent une voix surgir de l'interphone.

« Allo ? » fait Breeana.

Yasmin se penche alors vers l'appareil avant de dire :

« Salut, Breeana, c'est Yasmin. Je suis avec Sasha, Jade et Cloé. Est-ce que Cymbeline est là ? »

À l'intérieur, Cymbeline plisse les yeux vers l'interphone.

« Je ne suis pas là, siffle-t-elle à sa sœur. Débarrasse-toi d'elles. »

Breeana lance un regard suppliant à sa sœur, puis elle répond : « Non. Elle n'est pas là. »

« Pouvons-nous entrer pour te parler ? » demande Yasmin.

« Me parler ? » demande, surprise, Breeana.

« C'est à propos de Cymbeline », ajoute Cloé.

« Que… Que se passe-t-il avec Cymbeline ? » demande nerveusement Breeana.

« Pourquoi ne nous laisses-tu pas entrer ? suggère Sasha. Nous t'expliquerons à l'intérieur. »

« Hum… Désolée. C'est impossible. Mon père m'a interdit de recevoir des visiteurs avant que j'aie terminé mes devoirs », explique Breeana.

« Alors laisse-nous entrer et nous lui expliquerons la situation », insiste Cloé.

« Bon sang, Cloé ! chuchote Jade. Es-tu obligée d'insister autant ? »

« Non ! » s'exclame Breeana. Puis le ton de sa voix s'adoucit. « En fait, il n'est pas ici non plus. Je dois aller faire mes devoirs. Au revoir. » L'interphone s'éteint aussitôt.

Cloé et Yasmin s'échangent un regard.

« Yas, sommes-nous venues jusqu'ici pour nous faire refuser l'entrée ? » interroge Cloé.

« Pas question, répond Yasmin. Aide-moi à monter. »

« Hé ! Attendez une minute ! proteste Jade. Vous voulez entrer par effraction ! »

« Et alors ? fait Yasmin. Nous voulons juste aider une amie dans le besoin. »

« Notre amie a peut-être simplement besoin d'intimité », souligne Sasha.

« Nous ferions mieux d'attendre de la voir à l'école », suggère Jade.

©MGA

« Mais j'ai un mauvais pressentiment », insiste Cloé.

« Tu adores le drame! Tu as souvent de mauvais pressentiments qui s'avèrent faux », répond Sasha.

Cloé est la plus dramatique des quatre filles, et elle se laisse souvent emporter par ses pressentiments et ses idées farfelues.

« Mais j'ai parfois raison! » s'écrie Cloé.

« Ouais, mais je ne compte pas entrer par effraction chez des gens parce que tu as un mauvais pressentiment », l'informe Jade.

« Nous voulons juste aider », soutient Yasmin.

« Écoutez, je déteste me mêler de ce qui ne me regarde pas », déclare Sasha.

« D'accord, répond sèchement Yasmin. Vous n'avez pas besoin de nous accompagner, mais pouvez-vous au moins nous attendre ici et nous reconduire à la maison? »

« C'est du pareil au même », souligne Jade. Yasmin et Cloé lancent un regard furieux à leur amie.

« D'accord, d'accord, nous allons vous attendre », soupire Sasha. Elle aide Cloé à pousser Yasmin par-dessus le mur.

« Est-ce que quelqu'un veut connaître mon mauvais pressentiment? s'enquiert Jade. Je sens que nous allons toutes finir en prison! »

Yasmin ignore le commentaire et grimpe par-dessus le mur en écrasant la tête de Cloé dans le processus.

« Aïe ! » s'exclame Cloé.

Yasmin atteint le sommet du mur et regarde de l'autre côté.

« La question est maintenant de savoir comment je vais faire pour me rendre… Aaah ! »

Elle glisse, tombe du mur et s'écrase dans un tas de branches en faisant un bruit sourd.

« Ça va ? » s'inquiète Jade.

Yasmin ne répond pas, mais elle ouvre subitement le portail quelques instants plus tard avant d'apparaître devant ses amies, les cheveux remplis de brindilles et les vêtements froissés.

« Très bien, répond Yasmin. Entrez vite. »

Cloé se dirige vers le portail et se retourne pour apercevoir Jade et Sasha en train de rebrousser chemin.

« Débrouillez-vous toutes seules », annonce Sasha.

« Hé, je croyais qu'on devait toujours se serrer les coudes ! » souligne Cloé.

« Ouais, nous nous serrerons les coudes à l'intérieur de la voiture », fait Jade.

« Comme vous voulez, répond Cloé, vexée. Elle tourne les talons et referme le portail derrière elle, abandonnant ainsi Jade et Sasha à l'extérieur.

Les deux filles se dirigent vers l'allée en pierre en regardant autour d'elles, émerveillées. L'allée traverse une jolie pelouse recouverte d'arbres au bout de laquelle s'élève une superbe maison en bois d'allure très moderne. La propriété offre une vue splendide de Stilesville qui s'étend le long d'une vallée.

« Wow ! Tu as vu cet endroit ! » s'exclame Cloé.

« C'est superbe ! » ajoute Yasmin.

« Lorsque j'aurai fini l'école, je m'achèterai une maison comme celle-ci… dit Cloé en trébuchant sur un nain de jardin avant de s'étaler de tout son long sur la pelouse, … mais je ne poserai pas d'horribles nains de jardin en plein milieu de l'allée ! »

Elle ramasse le nain et le dépose en bordure du chemin.

Elles se dirigent ensuite vers la porte d'entrée, puis Yasmin sonne. Elles attendent, mais personne ne vient répondre. Elles sont sur le point de laisser tomber lorsqu'elles entendent des chuchotements provenir de la serre située en bordure de la maison.

Les filles se regardent, puis se dirigent vers le sentier serpenté qui mène jusqu'à la serre, de l'autre côté de l'écurie. Un cheval hennit, rompant ainsi le silence et faisant sursauter les deux filles.

« Il m'a vraiment fait peur ! » s'écrie Cloé.

« Je ne savais pas qu'ils avaient des chevaux », ajoute Yasmin.

Lorsqu'elles arrivent près de la serre, elles aperçoivent la silhouette d'un homme plutôt large à travers les fenêtres embuées. Elles déduisent qu'il s'agit de monsieur Devlin. Elles n'arrivent pas à voir son interlocuteur, mais elles aperçoivent quelque chose qui vole tout près de sa tête. Ils entendent une voix aigue dire :

« Mais monsieur, un vieux démon est revenu nous hanter – un démon que vous connaissez bien. »

Cloé et Yasmin sont confuses. Elles n'ont jamais entendu une telle conversation !

« Les ténèbres ont pris possession de la forêt, poursuit la voix. La ville et ses habitants seront en danger. »

« Tu as entendu ça ? » chuchote Cloé. Yasmin acquiesce vivement. La maison des Devlin est bien plus mystérieuse qu'elles ne le croyaient !

Tandis que les filles se faufilent discrètement vers le coin, Cloé trébuche à nouveau. Elle baisse les yeux et aperçoit le même gnome qui se dresse devant elle.

« Mais qu'est-ce que…? » demande Cloé en détournant les yeux du gnome pour regarder en direction de l'allée où elle avait trébuché quelques instants plus tôt. « N'est-ce pas…? »

Le nain esquisse alors un sourire figé dans la céramique.

Cloé et Yasmin perçoivent un mouvement de l'intérieur de la serre, et elles se cachent aussitôt derrière un buisson. Monsieur Devlin sort la tête à l'extérieur et jette un coup d'œil aux alentours. Il a l'air beaucoup plus petit qu'il n'en paraissait au travers de la fenêtre. Rassuré, il rentre à l'intérieur.

Les filles poussent un soupir de soulagement et s'apprêtent à se relever lorsque des mains les saisissent par les épaules. Elles se retournent et aperçoivent Breeana qui se tient derrière elles, paniquée.

« Mon père ne doit pas savoir que vous êtes ici », chuchote-t-elle. Elle les entraîne loin de la serre.

« Mais nous sommes bel et bien ici », répond Cloé.

« Et nous ne partirons pas tant que tu ne nous diras pas ce qui ne tourne pas rond avec Cymbeline », ajoute Yasmin. Breeana les entraîne vers le portail sans répondre.

Cloé s'arrête aussitôt : « Alors, tu vas nous le dire, ou tu préfères qu'on demande à ton père? »

« Chut, chuchote Breeana. Allons les filles, je sais vous ne feriez pas… »

« Ne nous mets pas au défi », lance Cloé.

« Il ne se passe rien du tout », insiste Breeana.

Les filles entendent la porte de la maison s'ouvrir.

« Ah-ha! s'écrie Yasmin. Elle est là, n'est-ce pas? »

« Bien sûr que non », répond Breeana innocemment. Cloé se dirige vers la maison, suivie de Yasmin et de Breeana.

« C'est ce que nous allons voir », déclare Cloé.

« Arrêtez, je vous en supplie! N'allez pas là-bas », les implore Breeana.

Cloé et Yasmin aperçoivent des lumières qui scintillent derrière la maison. Elles décident d'aller voir de quoi il s'agit. Elles entendent aussitôt de la musique techno, puis une lueur pourpre surgir au loin et s'élever au-dessus de Stilesville.

« Quel est ce truc? demande Yasmin. Je crois qu'il y a un feu. »

Breeana tente de retenir Cloé, mais cette dernière parvient à se libérer. Cloé et Yasmin se précipitent sur le côté de la maison, puis elles aperçoivent Cymbeline, concentrée, qui se dresse au-dessus d'une petite colline. Tout à coup, des ailes fluorescentes surgissent de son dos dans une pluie de gouttelettes incandescentes. Elle se met alors à battre vivement des ailes, puis elle s'envole dans le ciel en laissant une traînée de lumière blanche derrière elle. Elles ne discernent bientôt qu'un petit point blanc à l'horizon, qui se joint à la lumière écarlate illuminant la vallée. Les deux sources de lumière disparaissent bientôt avec la musique.

Ahuries, Cloé et Yasmin assistent au spectacle.

« Quoi ? Qui ? Comment ? s'exclame aussitôt Cloé en se tournant vers Breeana. Aïe ! Quelque chose m'a mordu ! » s'écrie-t-elle ensuite.

« Vous savez, je pense qu'il est grand temps que vous alliez fouiner ailleurs qu'ici », lance quelqu'un avec un fort accent irlandais.

« Aïe ! Quelqu'un m'a donné un coup de pied ! » fait Yasmin.

Cloé en a assez. « Partons d'ici ! »

Breeana regarde les filles se précipiter vers le portail sans pouvoir intervenir. Par-dessus leurs épaules, elles aperçoivent un petit homme ressemblant au nain de jardin leur lancer de l'herbe et de la boue dans le dos.

« Vous devriez le savoir quand vous n'êtes pas les bienvenues, hurle-t-il. Allez ! Fichez le camp d'ici ! Filez ! Âmes mortelles ! Vous avez du culot de vous faufiler comme ça dans une propriété privée comme si vous étiez chez vous ! »

« Plus vite ! crie Yasmin. Il est juste derrière nous ! »

« Oh, si Sa Majesté l'apprenait, il me chasserait d'ici et me jetterait dans l'étang avec les lutins, les grenouilles et les serpents, s'exclame le petit homme. Je serais rejeté et condamné pour l'éternité ! »

Les filles arrivent devant le portail qui s'ouvre comme par magie. Elles sortent et referment vivement la porte derrière elles.

Chapitre 4

Le lendemain, à l'école secondaire Stiles High, Lina est appuyée à la balustrade en haut de l'escalier. Elle aperçoit Dylan qui marche dans le lobby au-dessous d'elle.

« Hé, chéri! » s'écrie-t-elle.

Dylan aperçoit Lina et monte jusqu'au palier.

« Oui, Lina, maîtresse de mon cœur, dit-il d'une voix extrêmement enthousiaste. M-A-Î-T-R-E-S-S-E. Maîtresse, épelle-t-il. Que puis-je faire pour toi? N'importe quoi. N'I-M-P-O-R… »

Un groupe d'élèves s'approche et Lina met rapidement sa main devant la bouche de Dylan.

« Arrête, arrête, ARRÊTE, siffle-t-elle. Tu es mon serviteur parce que je t'ai jeté un sort, mais tu n'as pas besoin d'épeler chaque mot pour moi! »

« Je suis désolé! D-É-S-O-L… » commence Dylan avant que Lina l'interrompe d'un geste de la main.

« Si tu prononces une seule autre lettre, je te transforme en poussière! » le menace-t-elle, furieuse.

« Désolé », répond Dylan en baissant la tête.

« Tu te souviens de ce que tu dois faire? » demande Lina.

« Bien sûr! » s'exclame Dylan en levant les yeux.

« Je compte sur toi, menace Lina. Maintenant, dégage! »

« Je suis ton humble serviteur », fait doucement Dylan.

Il bondit ensuite sur la rampe d'escalier et se laisse glisser jusqu'en bas en s'écriant joyeusement : « Ouuuuuuuui! »

Sasha et Jade sont en train de ranger leurs livres dans leurs casiers, tandis que Cloé et Yasmin tentent de leur expliquer ce qui s'est produit la veille.

« Puis ce petit homme étrange a surgi de nulle part. Il était furieux et il nous a chassées de la propriété! » termine Cloé.

Sasha se retourne, l'air ennuyé. « Arrête d'inventer des histoires, Cloé! dit-elle. Le poisson d'avril a mordu il y a deux semaines. Je pense que tu es un peu en retard. »

« Je te jure que c'est vrai », insiste Cloé.

Sasha la regarde, sceptique.

« Je le jure sur la tête... de mes nouvelles bottes! » ajoute Cloé.

Jade regarde les bottes de Cloé.

« Elles sont vraiment super. »

Cloé tourne son pied pour lui montrer ses bottes sous tous les angles.

« Merci! répond-elle. Je les achetées en solde. »

« C'est bien, continue Jade, mais je ne te crois toujours pas. »

« Écoute, nous avons toutes les deux aperçu Cymbeline s'envoler en laissant une traînée de lumière blanche ! Puis ce petit homme nous a pourchassées sur la pelouse », insiste Yasmin.

« Il ressemblait un peu à un gnome... un gnome vraiment hystérique », explique Cloé.

Elle songe alors à quelque chose, puis se tourne vers Yasmin.

« En fait, il ressemble au nain de jardin sur lequel je n'arrêtais pas de trébucher ! »

« C'est vrai ! » acquiesce Yasmin. Sasha et Jade les regardent, exaspérées. Elles referment simultanément leurs casiers, puis elles s'apprêtent à partir.

« Attendez ! les supplie Yasmin avant de saisir la manche de Jade. Et Cymbeline ? Je vous assure que nous avons vu des ailes pousser dans son dos. »

« Yas, tu dois absolument arrêter de lire tes histoires de contes de fées, affirme Jade en se défaisant de l'emprise de son amie. Ça commence à te monter au cerveau. »

« Je pense que vous avez toutes les deux besoin de dormir », ajoute Sasha.

Elle s'avance dans le couloir en secouant la tête.

« Vous souffrez toutes les deux d'hallucinations ! »

Dylan surgit alors devant les filles en esquissant un sourire niais.

« Y'avait des crocodiles et des orangs-outans, des affreux reptiles et des jolis moutons blancs, y'avait des chats, des rats, des éléphants… fredonne-t-il. Bonjour, mes petites dames ! » dit-il en faisant la révérence.

« Mes quoi ? demande Sasha en le fixant du regard. Qu'est-ce qui t'arrive ? »

« Sérieusement, que t'est-il arrivé ? ajoute Jade. Hier tu étais censé m'aider à accrocher les lumières pour le bal, et tu ne t'es jamais pointé. »

« Oh, j'ai couru un peu partout, répond joyeusement Dylan. Çà et là, tu vois ? Je dois filer. Je suis en retard. Je suis en retard pour un important rendez-vous ! »

Il secoue rapidement la main et tourbillonne sur lui-même avant de s'écrier « À plus ! », puis il s'éloigne en sautant gaiement le long du corridor.

« Qu'est-ce qui lui arrive ? » demande Yasmin.

« J'en sais rien, mais il semble heureux », dit Sasha.

©MGA

« Vraiment heureux », acquiesce Jade.

« Curieusement heureux », ajoute Cloé.

« Étrangement heureux », termine Yasmin.

« Nous nous occuperons de cela plus tard, lance Sasha. Il est l'heure d'aller en classe. On se voit après l'école, n'est-ce pas ? Il y a encore beaucoup de travail de décoration à faire ! »

« D'accord », répond Yasmin. Sasha et Jade s'éloignent ensemble, laissant Cloé et Yasmin seules derrière.

« Elles ne nous croient pas ! » s'écrie Cloé en s'effondrant contre son casier.

« Bien sûr que non, dit Yasmin. Je ferais pareil à leur place. »

Cloé aperçoit alors Breeana. Elle saisit le bras de Yasmin et l'entraîne dans le couloir.

« Voilà Breeana, s'exclame-t-elle. Elle pourra confirmer que nous disons la vérité ! »

Sombre, Breeana avance dans le couloir en regardant frénétiquement autour d'elle. Elle regarde par-dessus son épaule et fonce pratiquement dans Cloé et Yasmin.

« Oh... Salut ! » répond, surprise, Breeana.

« Nous t'avons cherchée partout », affirme Yasmin.

« Oh ! Vraiment ? »

« Qu'est-ce qui ne va pas ? » demande Cloé.

« Qu'est-ce... Qu'est-ce qui vous fait croire que quelque chose ne va pas ? » questionne Breeana.

« Premièrement, nous avons vu ta sœur en train de voler, commence Cloé. Disons que c'est déjà un bon signe. »

« Chut ! » siffle Breeana, en regardant nerveusement autour d'elle.

« Alors ? Vas-tu nous expliquer ce qui s'est passé hier ou non ? » fait doucement Yasmin.

« Je... Je ne peux pas, les informe Breeana. J'ai un rendez-vous maintenant. »

« Mm-mm, répond Cloé en bloquant le chemin à la jeune fille. Tu n'iras nulle part tant et aussi longtemps que tu ne nous auras pas expliqué ce qui s'est passé hier. »

« Non, gémit Breeana. Non, je dois vraiment partir. »

« Alors nous t'accompagnerons, suggère Cloé. Tu pourras nous expliquer en chemin. »

Breeana secoue aussitôt la tête : « Je dois y aller toute seule. »

« Pourquoi ? Où vas-tu ? » demande Yasmin.

« Hum... Je vais rencontrer quelqu'un. C'est personnel. » Breeana recule, prête à s'enfuir.

« Quoi ? Tu vas rencontrer un garçon ? » s'enquiert Cloé.

Breeana esquisse alors un petit sourire rêveur : « Ouais, répond-elle évasivement. Ouais, disons que je vais rencontrer un garçon, et je ne peux pas emmener des amies avec moi, d'accord ? »

« Qui est ce garçon ? » interroge Yasmin.

Breeana hésite.

« Allez ! Crache le morceau ! insiste Cloé. Qui est le chanceux ? On le connaît ? »

« Ouais », admet Breeana.

« Vraiment ? C'est qui ? » demande Yasmin.

« Dylan », chuchote timidement Breeana.

« Dylan ?!? » s'exclament Yasmin et Cloé.

« CHUT ! s'écrie Breeana. Dylan m'a demandé de le rencontrer quelque part après l'école. »

« Où ? » demande Cloé.

« Dans la Forêt Noire », leur explique Breeana.

« Tu plaisantes ? » fait Yasmin.

« Écoutez, je... Je dois y aller », rétorque Breeana.

« Pourquoi Dylan veut-il te rencontrer aussi loin ? demande Yasmin. En plus, il n'aime pas la forêt. »

« C'est là qu'il a fixé le rendez-vous, insiste Breeana. En fait, j'espérais qu'il me demande de l'accompagner au Bal Magnolia. Il a peut-être voulu choisir un endroit romantique pour me le proposer. »

« Il n'y a rien de romantique dans la Forêt Noire, fait Cloé. Cet endroit donne la chair de poule. »

« Ouais, cette histoire n'a ni queue ni tête », ajoute Yasmin.

« Nous allons t'accompagner », annonce Cloé.

« Non… », proteste Breeana, mais lorsqu'elle constate l'air déterminé de Cloé et Yasmin, elle se rend compte que ça ne sert à rien. « Bon, d'accord », dit-elle à contrecœur.

©MGA

Chapitre 5

Lorsque Cloé, Yasmin et Breeana entrent dans les bois, une brume épaisse les entoure et les empêche de voir quoi que ce soit. Marchant côte à côte, les trois filles avancent prudemment.

« Aïe! s'écrie Yasmin en se heurtant à un buisson. Des épines! »

« Je sais! Elles ont égratigné mes nouvelles bottes! lance Cloé. Elles sont complètement ruinées. »

« Vous n'avez pas besoin de m'accompagner, les filles », dit Breeana.

« Oui, nous devons t'accompagner », répond Yasmin. Elle s'arrête, et les deux autres s'immobilisent derrière elle. Elle pose ses mains sur les épaules de Breeana et la regarde droit dans les yeux avant de lui dire sérieusement : « Écoute, ce n'est pas une bonne idée de rencontrer un garçon en plein milieu de la forêt. Je sais que Dylan est inoffensif, mais quand même… Qu'est-ce qui t'a pris? »

« Elle n'est qu'en première secondaire, dit Cloé. Elle n'a pas d'expérience. »

Breeana semble sur le point de pleurer, mais un son aigu et étrange résonne au loin.

« Chut, dit-elle. Avez-vous entendu? »

Le brouillard est si épais qu'elles ne savent pas d'où provient le bruit.

« Les filles de Killarney racontent toujours des bobards, mais elles sont si jolies qu'elles vous enivrent sans crier gare ; Les filles de la ville se considèrent comme des reines, mais elles n'ont rien à voir avec les filles de Coleraine. »

« Ça sonne comme une petite comptine irlandaise », chuchote Yasmin.

« Pourquoi quelqu'un chanterait-il ainsi en plein milieu de la forêt ? » demande Cloé. Les filles continuent d'avancer en se laissant guider par le chant jusqu'à ce qu'elles soient tout près.

Elles écartent soigneusement les branches pour apercevoir Dylan qui bondit tout autour de la clairière. Il s'arrête sans cesse pour cueillir un lys ou une marguerite qu'il ajoute à la couronne de fleurs qu'il porte sur la tête.

« Ouah », murmure Cloé, tandis qu'elle et Yasmin regardent leur ami, sidérées.

Breeana tente de se faufiler entre elles. « Voilà Dylan ! » s'exclame-t-elle. Cloé et Yasmin la saisissent par le bras avant de la tirer vers elles.

« Attends », chuchote Yasmin.

« Il y a quelque chose qui cloche avec Dylan, ajoute Cloé. Ça ne lui ressemble pas du tout. »

Elle écarquille les yeux avant d'ajouter : « Tu crois qu'il a la rage ? »

« Tout est possible, répond Yasmin. Particulièrement après ce que nous avons vu hier soir. »

Elle se tourne ensuite vers Breeana avant d'ajouter : « Reste ici. Nous ferions mieux d'aller lui parler en premier. »

« D'accord », approuve Breeana à contrecœur.

Cloé et Yasmin s'approchent de Dylan, qui est maintenant en train d'exécuter une gigue endiablée. Il saute, tourbillonne et tourne jusqu'à ce qu'il se retrouve face à face avec ses amies.

« Depuis quand es-tu le roi de la danse ? » lui demande Cloé.

Dylan se contente de sourire avant de tendre un lys à chacune des filles. « Pour vous, mes chéries », dit-il.

« Dylan, es-tu allé fouiller dans les produits chimiques de monsieur Delgado ? Est-ce qu'il t'est arrivé quelque chose ? » s'inquiète Yasmin.

Dylan éclate alors d'un gros rire gras. Il lance les fleurs dans les airs et s'éloigne sans même leur répondre. Il s'enfonce profondément dans les bois en sifflotant la chanson irlandaise.

« Hé ! Reviens ici ! » s'exclame Yasmin, mais Dylan a déjà disparu entre les arbres. Les filles se laissent guider par le sifflement, mais la forêt s'assombrit soudain sans aucune trace de Dylan.

« Où est-il allé ? » demande nerveusement Cloé. Il fait de plus en plus sombre, et elles doivent avancer en se tenant par la main. Des yeux brillants apparaissent autour d'elles, et elles se sentent bientôt encerclées.

Cloé et Yasmin se blottissent l'une contre l'autre, complètement terrifiées. Lina s'approche avant de demander : « Qu'est-ce que vous fichez ici ? »

Elle regarde derrière son épaule avant de dire : « Dylan, tu m'as désobéi. Je t'ai dit d'emmener Breeana, mais pas ces filles ! »

Breeana est postée derrière des buissons et assiste à la scène, horrifiée.

« Oups ! Désolé », répond Dylan du fond des bois.

« Regardez qui vient de s'inviter à notre fête », s'exclame Lina. Sur ce, les yeux des créatures se rapprochent davantage, et Cloé et Yasmin constatent qu'il s'agit en fait de taches brillantes qui illuminent les ailes de centaines de fées gothiques semblables à celles que Yasmin avait vues dans son livre de contes.

Les fées rient méchamment en se rapprochant d'elles. Des tas de feuilles tourbillonnent autour de Cloé et Yasmin tandis que le rire des fées se transforme en chuchotement horrifiant. Lina lève aussitôt la main et les rires cessent.

« N'oublions surtout pas notre invitée d'honneur », annonce Lina. Elle fait un geste théâtral avant de s'exclamer : « Approche-toi, princesse. »

Cymbeline surgit alors de la pénombre. Elle a l'air épuisée. Elle esquisse un petit sourire malveillant à l'endroit de Yasmin et Cloé.

« Salut, les filles », dit-elle.

« Cymbeline ? » demande Yasmin.

« Qu'est-ce que tu fais ici ? » ajoute Cloé.

Dans les buissons, Breeana porte la main à sa bouche pour étouffer sa surprise lorsqu'elle aperçoit sa sœur.

Yasmin s'avance vers Lina. « Que se passe-t-il ici ? » interroge-t-elle.

« Oh, tu verras bien, répond Lina en riant. Crois-moi, tu verras bien. »

Les fées répondent en ricanant en chœur.

Cloé et Yasmin s'échangent un regard terrifié. Elles se font un signe pour se dire de prendre la fuite, mais tout à coup, des vignes serpentent autour de leurs jambes et les soulèvent du sol avant de les suspendre aux arbres, tête à l'envers.

Dylan surgit devant elles avant de s'exclamer : « Nous pouvons maintenant danser tous ensemble ! Hourra ! »

Il se met alors à batifoler et à danser autour des fées qui rient de ses singeries.

Derrière les buissons, Breeana se déplace légèrement, faisant du coup craquer une branche sous ses pieds. Elle sursaute aussitôt, et Lina se tourne vers elle.

« Quel est ce bruit ? » demande Lina.

Breeana sort doucement des buissons avant de se faufiler dans les bois. Elle est paniquée, mais elle s'efforce de bouger lentement. Lina scrute attentivement la pénombre, et une fois rassurée, elle se retourne vers ses prisonnières en esquissant un sourire cruel.

©MGA

Chapitre 6

Sasha et Jade se baladent dans le centre commercial de Stilesville, les bras remplis d'affiches roulées annonçant le Bal Magnolia, de serpentins, de ballons et d'une tonne d'autres décorations. Elles ont déjà posé des affiches aux quatre coins du centre commercial, et elles se dirigent maintenant vers la sortie.

« Je n'arrive pas à croire que Cloé et Yasmin ne se soient pas pointées, dit Sasha. Crois-tu qu'elles sont en colère parce que nous ne voulons pas croire leur histoire de fou ? »

« Ce n'est pas une raison, répond Jade. Les amies doivent toujours s'entraider. Ça ne leur ressemble pas. »

Sasha lève les yeux et sursaute. « Jade ! Regarde ! »

Elle pointe l'entrée du centre commercial pour lui indiquer Cloé et Yasmin qui s'avancent, vêtues de costumes de fées super branchés. Cymbeline et Lina marchent à leurs côtés, tandis que Dylan traîne derrière en transportant leurs sacs à provisions. Sasha et Jade marchent tout droit vers leurs amies.

« Hé, les filles, lance Sasha, accusatrice. Quel est le problème ? »

Cloé et Yasmin lancent un regard vide à leurs meilleures amies.

« Excuse-moi. C'est à moi que tu parles ? » questionne Yasmin d'une voix neutre.

« Pourquoi vous n'avez pas rappelé ? demande Jade. Et pourquoi vous ne vous êtes pas pointées à la réunion du comité du bal ? »

« Euh, j'en sais rien… J'imagine que nous avons trouvé mieux à faire que de sauver les arbres », fait Cloé, sarcastique.

Sasha et Jade s'échangent un regard surpris.

« D'accord, que se passe-t-il ? » s'enquiert Sasha.

« Je ne sais pas de quoi tu parles », répond Yasmin.

« Premièrement, pourquoi êtes-vous habillées comme ça ? » interroge Jade en désignant leurs tenues fluorescentes ornées de fausses ailes de fées.

« Vous aimez ? demande Cloé en tournoyant sur elle-même pour exhiber sa nouvelle tenue. Nous allons à une fête costumée ce soir. »

« Hum, désolée, mais c'est le Bal Magnolia ce soir, assure Sasha, et comme nous l'avons organisé, je pense que nous devons toutes y assister. »

« Je ne suis pas d'accord, proteste Yasmin en haussant les épaules. Cette fête a l'air ennuyante.

Je vous inviterais bien à la nôtre, mais… vous n'êtes pas les bienvenues. »

« Mais nous sommes toutes censées être au Bal Magnolia à vingt et une heures ! s'écrie Jade. Tu ne t'en souviens pas ? »

« Dommage. Notre fête commence aussi à vingt et une heures », répond Cloé.

« Vous allez vraiment louper le bal ? » s'alarme Sasha.

« Vous ne comprenez pas vite, n'est-ce pas ? » reconnaît Lina, un petit sourire narquois aux lèvres.

Cymbeline rit : « Elles ne sont vraiment pas rapides ! »

« Cymbeline, tu es à la tête du comité, dit Sasha. C'est ton père qui finance le bal. Je n'arrive pas à croire que tu sois prête à rater la fête. »

« C'est ton problème », dit sèchement Cymbeline.

« Suivez-moi, les filles », annonce Lina.

Cymbeline, Yasmin et Cloé tournent aussitôt les talons et suivent Lina dans le couloir. Elle s'arrête aussitôt et se tourne vers Sasha et Jade.

« En passant, vous n'auriez pas vu Breeana, par hasard ? » demande-t-elle.

« Breeana ? demande Sasha. Non. »

« Nous devons absolument savoir où elle est passée », ajoute Cymbeline.

« Ah ouais? questionne Jade. Et moi, je dois absolument savoir où sont passées mes amies Yasmin et Cloé. Les aurais-tu vues quelque part? »

Yasmin, Cloé et Cymbeline éclatent aussitôt de rire, puis elles se redressent avant de s'éloigner.

Dylan exécute ensuite quelques petits pas de danse pour Sasha et Jade, puis il se penche vers elles avant de leur demander : « Voulez-vous danser? »

Sasha et Jade lui lancent un regard furieux.

« Très bien, alors, je ferais mieux de filer! s'exclame Dylan. Le devoir m'appelle. »

Il se précipite derrière Lina. Les filles le regardent partir, horrifiées de constater ce qui est arrivé à leurs amies.

À l'extérieur du centre commercial, Sasha et Jade s'approchent du magnolia. Tout le secteur est décoré pour la danse. Des tables et des chaises sont installées autour de la piste de danse et sous les branches de l'arbre. C'est vraiment magnifique, mais Sasha et Jade n'ont pas le cœur à la fête.

©MGA

Elles se dirigent vers une table pour déposer leurs provisions, mais Sasha trébuche en cours de route.

« Sasha, que s'est-il passé ? » demande Jade en se précipitant auprès de son amie.

« Je... Je ne sais pas », répond Sasha. Elle baisse les yeux et aperçoit un nain de jardin qui repose à côté d'elle.

« Aïe ! Qui a foutu cet horrible nain à cet endroit ? »

Jade aide Sasha à se relever, puis elles ramassent ensemble les provisions éparpillées.

« Que se passe-t-il avec nos deux amies ? » gémit Jade tandis qu'elles travaillent. Kool Kat, qui est toujours calme et posée, semble sur le point d'éclater en sanglots.

« Je pense que la nouvelle élève leur a fait quelque chose », propose Sasha. Tout à coup, elle entend des sanglots derrière le magnolia.

« Qui est-ce ? » demande-t-elle en entraînant Jade en direction des pleurs.

Elles contournent l'énorme tronc d'arbre et aperçoivent Breeana, qui sanglote doucement, blottie sur le sol.

« Breeana, qu'y a-t-il ? » demande Jade.

« Je... Je... » commence Breeana, mais ses sanglots l'empêchent de continuer.

« Ta sœur te cherche », lui annonce Sasha.

Breeana bondit aussitôt du sol, effrayée : « Où est-elle ? »

« Elle est partie », répond Jade. Breeana a l'air soulagée. « Tu l'évites ? »

« Oui, acquiesce Breeana. C'est vraiment horrible. »

« Que se passe-t-il ? » questionne Sasha.

« Je ne peux rien vous dire. »

« Pourquoi pas ? Tu peux nous faire confiance », insiste Jade.

« Si je vous en parle, je risque de perdre ma sœur pour toujours, explique Breeana, et ce serait beaucoup trop difficile. Cymbeline est ma meilleure amie, et depuis que nous avons perdu notre mère... » Breeana éclate une fois de plus en sanglots. Jade et Sasha la réconfortent jusqu'à ce qu'elle soit suffisamment calme pour pouvoir poursuivre. « J'aimerais tellement que ma mère soit ici. »

Une fleur de magnolia tombe alors doucement vers les jeunes filles. Jade la ramasse et la tend à Breeana pour la faire sourire.

« Puis-je te demander ce qui est arrivé à ta mère ? » l'interroge doucement Jade.

Breeana baisse les yeux vers la fleur qu'elle tient dans sa main, puis regarde Jade et Sasha.

« Honnêtement, je ne sais pas, murmure-t-elle. Personne ne le sait. C'est arrivé il y a cinq ans, juste avant l'anniversaire de Cymbeline. Maman nous a emmenées faire des courses, et elle nous a offert des bracelets à breloques. »

Breeana soulève son poignet pour leur montrer un joli bracelet orné de deux petites breloques.

« Il est magnifique », dit Sasha.

« Merci. Avant, il y avait quatre breloques, soit une pour chaque membre de notre famille, mais maintenant, je crois qu'il n'en reste que pour mon père et moi... »

« Tu n'as pas perdu Cymbeline, dit Jade en mettant son bras autour des épaules de la jeune fille. Elle est juste un peu... confuse, ces temps-ci. C'est tout. »

©MGA

« J'espère que tu as raison », chuchote Breeana. Elle regarde tristement les deux petites breloques qui pendent à son bracelet, puis elle se ressaisit avant de poursuivre : « C'était une journée magnifique, mais un blizzard étrange a soudain secoué la ville. »

« Oh, ouais, je me souviens de cette tempête, dit Jade. C'était vraiment étrange. »

« Que s'est-il passé ensuite ? » fait Sasha.

« Je me souviens que tout est devenu sombre, et que ma mère semblait effrayée, continue Breeana. Elle s'est empressée de nous entraîner près d'un banc de neige pour nous réchauffer. Puis je crois qu'elle a aperçu quelque chose, car elle nous a tendu sa baguette magique et elle nous a dit qu'elle nous protègerait. »

« Elle avait vraiment une baguette magique ? » s'enquiert Jade.

« Oui, répond Breeana, agitée. Je… Je vous expliquerai plus tard. »

« D'accord, dit Sasha. Termine d'abord ton histoire. »

« Je me souviendrai toujours de la dernière chose qu'elle nous a dite, murmure Breeana. Elle a dit "Soyez courageuses, serrez-vous les coudes, n'abandonnez jamais et tout ira bien." » Des larmes glissent sur ses joues, tandis qu'elle raconte l'histoire. « La tempête s'est ensuite calmée, mais ma mère avait disparu. Nous ne l'avons plus jamais revue. »

« Je suis désolée, dit Jade, les yeux écarquillés. Je n'aurais pas dû être aussi indiscrète. »

« Ce n'est vraiment pas de nos affaires », ajoute Sasha.

« Ça va, continue Breeana. Je n'en ai jamais parlé à personne, mais je me sens mieux de m'être confiée à vous. »

« Nous sommes toujours là pour t'écouter, dit Jade en étreignant Breeana. C'est à cela que servent les amies, non ? »

« Y a-t-il autre chose, Breeana ? demande Sasha. Que se passe-t-il avec ta sœur ? »

Breeana lance un regard inquiet aux filles, puis elle pousse un soupir.

« D'accord, mais vous devez me promettre de ne jamais en parler à personne. »

« Tu peux nous faire confiance », insiste Jade.

« Je sais, mais… mon père n'aime pas que nous nous mélangions aux gens… de l'extérieur », indique Breeana.

« Que veux-tu dire par là ? » demande Sasha.

« Les gens… qui ne sont pas… comme nous », continue Breeana. Breeana regarde Jade et Sasha avant de se laisser choir contre l'arbre, désespérée. Elles ne la croiront jamais. Une idée lui traverse aussitôt l'esprit. « Je vais vous donner un exemple ! » s'exclame Breeana.

Breeana entraîne les filles vers le centre commercial et se dirige tout droit vers une boutique appelée « Le Secret de Viviane » qu'elles n'avaient jamais vraiment remarquée auparavant. Elle choisit deux jolies paires de lunettes de soleil et les paie avant de ressortir de la boutique.

« Mettez les lunettes. »

« Mais il n'y a même pas de soleil », proteste Jade.

« Faites ce que je vous dis, insiste Breeana, mais n'en parlez à personne ! Mon père me renierait. »

« À cause d'une paire de lunettes de soleil ? » demande Sasha en enfilant les siennes.

« Ouah », s'exclame Jade. Avec les lunettes, tout semble soudain différent : les choses sont plus claires, plus colorées et vraiment plus géniales ! Jade et Sasha sont abasourdies.

« Vous voyez, notre monde décide quand il veut se révéler à nous, explique Breeana, mais avec ces lunettes, c'est à vous de décider. »

Chapitre 7

Les filles retournent au centre commercial et aperçoivent une nouvelle affiche étincelante devant la boutique où Breeana a acheté les lunettes. L'enseigne indique maintenant « Le GRAND Secret de Viviane ». La boutique est devenue un hypermarché de fées! Des familles complètes de fées se baladent dans le centre commercial, vêtues de tenues branchées et super stylisées en portant des ailes sur leur dos.

Un groupe de fées se dirigent vers le guichet automatique miniature, insèrent leurs cartes et reçoivent des tas de petites pièces en or qu'elles déposent dans de petits sacs avant de s'envoler au loin.

Jade observe un homme d'affaires vêtu normalement par-dessus ses lunettes. Il est assis sur un banc situé près d'elles. Elle le regarde ensuite au travers de ses lunettes et aperçoit des ailes qui dépassent de son veston. Il est en train de lire un journal écrit dans un langage élaboré de fée.

« C'est incroyable! » s'exclame Jade.

« Pourquoi ton père te renierait-il pour nous avoir montré cela? » demande Sasha.

« Il est le roi des fées, explique Breeana. Il supervise notre monde et s'occupe de toutes sortes de choses dont les humains ne peuvent pas se mêler. »

« Wow, s'exclame Sasha. Alors tu es une princesse des fées ? »

Breeana acquiesce modestement.

« Est-ce que le Bal Magnolia est l'une de ses bonnes œuvres ? » demande Jade.

« Oui », répond Breeana.

« Yasmin et Cloé ont donc vraiment vu Cymbeline avec des ailes ? » interroge Sasha.

« Oui, c'est vrai, admet Breeana. Les fées obtiennent leurs ailes et leur pouvoir lorsqu'elles ont dix-huit ans. Cymbeline a supplié mon père d'obtenir les siennes plus tôt, mais il a refusé. »

« Alors comment Cymbeline a-t-elle obtenu ses ailes ? » demande Jade.

« Je ne sais pas, mais si mon père s'en rend compte, il va perdre la boule. Tout ce que je sais, c'est que Cymbeline s'est mise à sortir la nuit, et je suis sûre que ça a un lien avec cette histoire. »

« J'aimerais bien la suivre, répond Jade, mais ce n'est pas comme si nous pouvions voler à sa poursuite. »

©MGA

« Tes amies ne peuvent pas voler non plus, mais elles accompagnent quand même Cymbeline à cette fête, souligne Breeana. Nous pourrions donc les suivre ! »

« Mais la fête a lieu ce soir, répond Sasha, et le bal aussi. »

« Nous devrons donc louper le bal, déclare Jade. Cette affaire est plus urgente. »

Elle met son bras autour des épaules de Breeana, et la jeune fille, reconnaissante, sourit à ses amies.

Une fois à la maison, Breeana se faufile dans la cuisine en direction de la porte vitrée. « La soirée s'annonce intéressante », chuchote une voix derrière elle.

Breeana sursaute aussitôt. Elle se retourne et aperçoit sa sœur qui est plantée au milieu de la cuisine.

« Cymbeline ! » s'exclame-t-elle.

Cymbeline sort de la pénombre. Elle est déjà habillée pour se rendre à la fête. Elle dévisage sa sœur de la tête aux pieds. « Tu y vas vraiment vêtue de la sorte ? » demande-t-elle avec dédain.

« Qu'est-ce que tu veux dire ? »

« Tu ne veux pas m'accompagner à ma fête ? » poursuit Cymbeline.

« Je ne savais pas que tu voulais que je me joigne à toi. Et que fais-tu du Bal Magnolia ? »

« Oh, je t'en prie, se moque Cymbeline. Tu parles de la fête de charité ennuyante ? C'est l'événement de papa. Ce n'est pas le mien. Ma fête sera beaucoup plus amusante – tu ne peux pas manquer ça. »

Breeana hésite un instant, mais Cymbeline poursuit. « Allez, je voulais te confier mon secret ce soir. Crois-moi, ça en vaut la peine. »

Cymbeline met son bras autour des épaules de sa sœur, et cette dernière finit par accepter.

« D'accord, mais laisse-moi d'abord enfiler quelque chose de plus joli. »

« Cool, répond Cymbeline, prépare-toi à faire la fête, ma petite. »

Dans la rue, Sasha et Jade sont assises dans la voiture décapotable de Sasha et attendent Breeana.

« Elle ne viendra pas, annonce Jade. Après tout, il est déjà vingt heures trente. »

« Nous ferions peut-être mieux de chercher nous-mêmes Cloé et Yasmin et de les suivre », suggère Sasha.

« Elles sont sûrement déjà parties, soupire Jade. Nous avons raté notre chance. »

Sasha démarre, mais le portail s'ouvre juste au moment où elle s'apprête à partir. Breeana sort en courant en lançant des regards nerveux derrière son épaule. Elle se précipite ensuite vers la voiture.

« Vite! s'écrie-t-elle en sautant à bord de la voiture. J'ai eu toutes les peines du monde à fuir ma sœur. »

Sasha quitte rapidement la maison des Devlin.

« Nous craignons que Cloé et Yasmin ne soient déjà parties », avoue Jade.

Breeana aperçoit une lumière blanche dans le ciel.

« C'est bon, répond Breeana. Je crois savoir où elles s'en vont. Conduis en direction de la forêt. »

Les filles se garent en bordure de la forêt et s'enfoncent dans les bois ténébreux en direction de la Forêt Noire.

« Es-tu bien certaine? » demande nerveusement Jade.

« C'est dans la Forêt Noire que j'ai aperçu Lina et ses fées capturer Cloé et Yasmin, explique Breeana. Ce doit être une sorte de quartier général. »

Les filles se faufilent aussitôt parmi les arbres de la Forêt Noire. Les lys que Dylan a jetés dans les airs reposent sur le sol, mais le reste de la forêt est complètement désert.

« J'aurais peut-être dû me joindre à Cymbeline, fait Breeana. J'aurais au moins pu découvrir ce qui se passe. »

« Pas question, répond Sasha. Qui sait ce qu'elle voulait de toi. »

« Hé, quel est ce bruit? » demande Jade.

Les trois filles s'arrêtent un moment pour écouter le rythme d'une musique techno qui résonne au loin.

« C'est étrange, commence Sasha. Je me demande d'où provient cette musique. »

« J'en sais rien, déclare Breeana. Mais nous allons vite le découvrir. »

Elle entraîne les deux autres filles dans les profondeurs de la forêt en direction de la musique. Elles entendent toutefois de petits bruits de pas autour d'elles.

©MGA

Les trois filles s'arrêtent aussitôt. « Je crois que quelqu'un nous suit », chuchote Jade. Elles jettent un regard nerveux autour d'elles, mais Breeana insiste pour continuer après s'être assurée que personne ne rôdait dans les alentours.

La musique devient de plus en plus forte, et elles aperçoivent bientôt d'étranges lumières briller entre les arbres. Les filles se cachent dans les sous-bois pour observer la colline où se dresse un immense arbre flétri. On dirait que la musique provient de la colline.

« Quel est cet endroit? » demande Jade.

« Ça ressemble à une butte enchantée, répond Breeana. Vite, allons voir. »

Elles se dirigent vers une mince entrée située en bas de la colline.

« Je pense qu'on peut entrer par ici », annonce Sasha.

« Attendez, chuchote Breeana. Elle sort un petit sac de sa poche. Laissez-moi d'abord vous saupoudrer avec ceci. »

« Attends », proteste Jade en reculant. Quel est ce truc? »

« C'est de la poussière magique, explique Breeana. Cela vous permettra de voir la féérie de la même façon qu'en enfilant les lunettes que je vous ai achetées. Si vous ne voyez pas le monde féérique de la même façon que moi, Lina et ses amies parviendront peut-être à vous duper. »

« D'accord », conclut Jade.

Breeana saupoudre ses amies de poussière étincelante, et le monde semble soudain s'illuminer dans une pluie de fleurs sauvages et de petites lumières scintillantes.

« Wow », murmure Sasha.

« Allons-y », les presse Breeana. Elle sort de son sac la petite baguette magique violette de sa mère et la brandit devant elle.

« Qu'est-ce que tu vas faire avec ça ? » questionne Jade.

« Je vais vous protéger contre les fées gothiques », confie Breeana.

Les filles s'approchent de l'entrée de la butte enchantée et se faufilent à l'intérieur. Elles marchent ensuite sur une passerelle d'allure industrielle.

« Wow... » s'exclame Jade en baissant les yeux vers une salle qui ressemble à une immense boîte de nuit souterraine.

Chapitre 8

À l'étage inférieur, une fée D.J. déchaînée sélectionne des chansons, tandis que des fées portant des tenues et des ailes phosphorescentes dansent au rythme de la musique. Elles exécutent des mouvements très branchés en formant un cercle autour de la piste de danse.

« Que se passe-t-il ici ? » s'enquiert Jade.

« C'est une ronde enchantée ! » s'écrie Breeana avec de la panique dans la voix.

« Cette musique est vraiment géniale ! » s'exclame Sasha.

« Je pourrais danser sur ce rythme pendant des heures ! » ajoute Jade.

« C'est bien ce que je craignais, dit Breeana. Je n'arrive pas à croire qu'il s'agisse d'une vraie ronde enchantée. Ma mère nous a prévenues contre ces rondes – c'est de la magie noire, et c'est très dangereux ! »

« Qu'y a-t-il de mal avec les rondes enchantées ? s'esclaffe Jade. Ça semble plutôt amusant. »

« Le problème, c'est que c'est trop amusant, explique Breeana. Si vous vous joignez à la ronde, vous vous faites ensorceler et vous êtes à la merci des fées gothiques. »

« Pour toujours ? » demande Sasha.

« Oui. Ou alors jusqu'à ce que vous trouviez une façon de rompre le sortilège. »

Les filles aperçoivent Cymbeline qui danse au milieu de la foule. Lina danse à ses côtés en esquissant un petit sourire mesquin.

« Voilà Cymbeline ! » annonce Jade.

« Elle est ensorcelée, déclare Breeana. J'en suis certaine. Je dois la sauver. »

« Nous allons t'aider », déclare Jade.

« Non, insiste Breeana. Vous devez sortir d'ici. Vos amies ont été ensorcelées parce qu'elles ont essayé de nous aider. Vous avez déjà couru assez de risques pour moi. »

« Nous ne partirons pas d'ici », répond Sasha.

« C'est vrai ! Les amies doivent s'entraider » continue Jade.

« Et nous ne te laisserons pas tomber ! », complète Sasha.

Breeana ne sait pas quoi faire, mais lorsqu'elle aperçoit la détermination dans le regard de Jade et de Sasha, elle sourit et leur prend la main. « Merci, les filles. » Elle prend ensuite une grande respiration avant de poursuivre. « C'est bon, allons-y. Mais quoi que vous fassiez, surtout, ne dansez pas ! »

« Nous ne pouvons pas danser ? gémit Sasha en s'éloignant à contrecœur. Mais ces chansons sont vraiment géniales. Ce sera difficile de m'en empêcher ! »

Les filles longent les murs en demeurant à l'extérieur de la ronde enchantée. Les fées sont si concentrées qu'elles ne semblent pas les apercevoir. Elles ont presque atteint l'autre extrémité de la piste de danse lorsque Lina s'adresse à la foule dans le haut-parleur. « Arrêtez la musique ! J'ai une annonce à faire ! »

La musique s'arrête aussitôt, et tout le monde se tourne vers Lina. Breeana, Sasha et Jade se dissimulent dans l'ombre en priant pour passer inaperçues.

« J'aurai bientôt fini le travail que j'ai commencé il y a déjà cinq ans ! déclare-t-elle. Où est la Princesse ? »

Le groupe de fées gothiques se met à huer lorsque Cymbeline s'avance sur la passerelle pour rejoindre Lina.

« Je croyais que Cymbeline ne serait pas facile à convaincre, explique Lina, mais elle était si déterminée à obtenir ses ailes que je me suis fait un plaisir de l'aider. Elle s'est bientôt mise à défier les règles de sa demeure et à briser les liens de son abominable famille royale ! »

Les fées applaudissent et crient de joie. « Je tiens donc à remercier les adolescentes rebelles ! poursuit Lina. Au fur et à mesure que les membres de la famille royale s'inclinent, ceux qui résistent s'affaiblissent et je deviens de plus en plus forte ! »

Breeana jette un regard inquiet aux deux breloques qui demeurent accrochées à son bracelet.

« Je mettrai bientôt la main sur Breeana, annonce Lina, et le grand roi des fées sera alors à ma merci ! »

Les fées applaudissent frénétiquement.

« Lina doit être la "fée diabolique" dont mon père nous a parlé », signale Breeana.

« Les fées sont au service de la Terre depuis déjà assez longtemps, s'écrie Lina, mais lorsque j'aurai pris le contrôle, la Terre sera à notre service ! »

Elle fait un geste au D.J. pour lui signaler de redémarrer la musique, et la fête bat bientôt de nouveau son plein.

« Que faisons-nous maintenant ? » demande Jade.

« Je… Je… », commence faiblement Breeana. Elle semble sur le point de s'évanouir, et les filles se précipitent vers elle pour la soutenir.

« Breeana, qu'est-ce qui ne va pas ? » demande Sasha.

« Je… me… sens… bizarre », murmure Breeana. Elle s'effondre aussitôt dans les bras de ses amies.

« Ça suffit, fichons le camp d'ici », annonce Sasha.

Elles commencent à rebrousser chemin en traînant Breeana, mais cette dernière résiste.

« Non ! s'écrie-t-elle. Je dois aider ma sœur. »

« Nous devrons trouver une autre façon de l'aider », déclare Jade. Elle et Sasha traînent ensuite Breeana vers la porte, mais Cloé et Yasmin se dressent devant elles pour leur bloquer le chemin. Les filles tanguent sur le rythme de la musique comme si elles étaient hypnotisées. Elles s'agencent parfaitement à la foule avec leurs costumes de fées qui scintillent dans le noir. Yasmin danse devant Sasha sans toutefois la regarder.

« Yasmin ! Regarde-moi ! s'exclame Sasha en brandissant ses mains devant le visage de son amie. Sors de ta transe ! »

« Sors de ma quoi ? » interroge Yasmin d'un ton impatient.

Désespérée, Sasha se retourne vers Jade et Breeana.

« Attendez ! dit Breeana. Je sais ce que nous pouvons faire. Nous devons nous tenir par la main et former un cercle autour d'elles. »

« Quoi ? demande Jade. Pourquoi ? »

« Vite ! insiste Breeana. Fais ce que je te dis. »

Sasha, Jade et Breeana se tiennent alors par la main pour former un cercle autour de Yasmin et Cloé.

« C'est un truc pour briser le sortilège que m'a enseigné ma mère », continue Breeana.

« Hé, qu'est-ce que vous faites ? s'écrie Cloé. N'êtes-vous pas un peu vieilles pour faire la ronde de l'amitié ? Bon sang, Sasha, j'en ai vraiment assez de te voir agir comme une enfant. »

« Angel ! Comment peux-tu me parler ainsi ? » demande Sasha.

« Relaxe, répond Yasmin. Au fond, elle ne t'a jamais vraiment aimée. Allons, Sasha. Tu dois admettre que tu n'as jamais été assez cool pour te tenir avec nous. »

Sasha et Jade s'échangent un regard horrifié.

« Breeana, je ne crois pas que ton cercle fonctionne », chuchote Jade.

« Ça fonctionnera, promet Breeana. Soyez courageuses. Rappelez-vous que vos amies sont encore là, et que ce ne sont pas vraiment elles qui parlent ainsi. C'est le sortilège. »

« Ne l'écoute pas, Kool Kat, l'interrompt Cloé. Elle n'est qu'en première secondaire. Elle ne connaît rien. »

« Angel ! Tu m'as appelée Kool Kat ! » s'exclame Jade, soulagée.

« Bien sûr que si, roucoule Cloé avec une soudaine gentillesse. Tu es ma meilleure amie ! Allez, laisse tomber ces drôles de gens. » Elle tend la main vers Jade. « Sors-moi vite d'ici, Kool Kat ! »

Jade saisit aussitôt la main de Cloé et brise le cercle.

« Jade, non ! » s'écrie Breeana. Mais il est trop tard. Elle s'effondre dans les bras de Sasha, affaiblie par la magie noire qui l'entoure.

« Ha, ha », dit Cloé avec un petit air malin. Elle retire sa main de celle de Jade d'un coup sec avant de dire : « Le poisson d'avril vient de mordre à l'hameçon, et tu es le plus gros poisson du monde ! »

« Pourquoi parles-tu de cette façon ? » s'inquiète Sasha.

Cloé et Yasmin se retournent sans répondre et tirent Breeana des mains de Sasha.

« Arrêtez ! s'écrie Sasha. Laissez-la ! »

« Fuyez ! chuchote Breeana. Sortez d'ici avant qu'elles vous enchantent à votre tour. »

Dylan apparaît aussitôt à côté des filles et saisit le bras de Jade pour l'attirer vers la ronde enchantée.

« Veux-tu danser ? » demande-t-il.

Jade se dégage de l'emprise de Dylan.

« Désolée, Dylan. Je ne peux pas aller danser en ce moment. »

Elle tente d'aider Sasha à extirper Breeana des mains de Yasmin et Cloé. Breeana se retrouve par conséquent coincée dans une partie de souque à la corde.

« Joignez-vous à la danse! » crie Yasmin.

« On a tellement de plaisir! » ajoute Cloé.

« Laissez-la tranquille! » s'exclame Jade.

La musique s'arrête soudain et Lina s'approche des filles en esquissant un sourire machiavélique. « Je savais bien que tu te pointerais, Breeana. Je suis contente que tu te sois jointe à ma fête. »

Yasmin et Cloé entraînent Breeana vers Lina, tandis que Dylan et un groupe de fées gothiques repoussent Sasha et Jade.

« N'aimerais-tu pas avoir des ailes comme celles de ta sœur? interroge Lina. Pourquoi attendre? Pourquoi faire de bonnes actions pour te mériter les ailes auxquelles tu as droit? Ça n'a aucun sens. »

Breeana lève péniblement les yeux vers Lina.

« Tu peux avoir tes ailes maintenant si tu le désires. Tu n'as qu'à le demander! » déclare Lina.

Elle tend le doigt vers Breeana et une pluie d'étincelles empourprées scintillent devant le visage de la jeune fille. Breeana tressaillit pendant que Jade et Sasha luttent pour lui venir en aide. Les fées gothiques rient cruellement en les empêchant d'avancer.

« Allez, Breeana, fait Cymbeline. C'est si merveilleux ! Songes-y un instant. Toi et moi pourrions voler ensemble ! »

« Ne fais pas cela, Breeana ! la supplie Sasha. Ça ne vaut pas la peine ! »

« Prends ma main, Breeana, ordonne Lina. Viens voler avec moi. »

Breeana se mordille la lèvre inférieure en hésitant. Elle tend lentement la main vers Lina. Tout le monde demeure silencieux.

L'une des breloques du bracelet de Breeana se met alors à trembler. Elles est sur le point de tomber. Lina sourit. « C'est ça », dit-elle d'un ton encourageant. Breeana prend aussitôt la baguette magique de sa mère et projette une pluie de poussière magique dans le visage de Lina.

« Aaaah ! hurle Lina en reculant. Je ne peux plus rien voir ! »

Les fées gothiques tressaillent du même coup, comme si elles ressentaient la même douleur que Lina.

Un coup de vent secoue aussitôt la discothèque et les fées émettent une longue plainte agonisante : « Aaaaaaah ! »

Breeana soulève ensuite sa baguette, écarte Cloé et Yasmin de son chemin et se précipite vers Sasha et Jade.

« Fuyons ! » s'écrie-t-elle.

Les trois filles se précipitent dans le tunnel.

Lina retire la poussière magique de ses yeux juste à temps pour voir Breeana prendre la fuite.

« Vous savez quoi ? déclare Lina. Cette fête est terminée. Il est temps de se joindre à l'autre ! »

Elle brandit sa main dans les airs et un éclair violacé surgit du bout de ses doigts. Les lumières s'éteignent d'un coup sec. Les costumes phosphorescents des fées se mettent aussitôt à scintiller dans le noir, tandis qu'elles se dirigent vers l'extérieur de la grotte.

Breeana, Sasha et Jade courent dans le tunnel au moment où tout devient noir. Elles entendent des tremblements et des battements provenant de tous côtés. Jade et Sasha hurlent, puis l'endroit redevient silencieux.

Chapitre 9

Près du magnolia, le Bal Magnolia bat aussi son plein. Un D.J. fait jouer de la musique et les gens qui se sont vêtus spécialement pour l'occasion dansent sous les branches de l'arbre.

« Je suis désolé pour l'absence de mes filles, madame la mairesse, dit Mel Devlin à une femme d'âge mûr. Ce n'est pas leur genre d'être aussi en retard. »

« Je sais que vous vouliez attendre qu'elles arrivent avant de commencer, mais je ne crois pas que nous devrions les faire attendre plus longtemps, répond la mairesse. Je suis certaine que vos filles arriveront d'une minute à l'autre. »

Mel semble nerveux, et la mairesse poursuit son discours : « Cymbeline a fait un travail fantastique à la tête du comité – je sais qu'elle ne raterait l'événement pour rien au monde ! Elle doit avoir une urgence de dernière minute. »

La mairesse Davis tapote la main de Mel pour le rassurer : « Vous devez être si fier d'elle. »

« En effet », acquiesce doucement Mel.

« Bon, c'est à vous », annonce la mairesse en guidant Mel vers une petite scène installée sous l'arbre. Elle se dirige vers le micro et le D.J. arrête aussitôt la musique.

« Chers citoyens de Stilesville, commence-t-elle. En mon nom de mairesse, je tiens à vous remercier infiniment pour l'immense succès de ce bal ! Comme vous le savez, cet événement a été inspiré par ce superbe magnolia, planté anonymement ici il y a cinq ans. »

La foule pousse une exclamation admirative en observant l'arbre qui illumine majestueusement le ciel étoilé.

« Pour honorer ce superbe monument du patrimoine de Stilesville, tous les profits de la soirée seront versés au renouveau écologique de tout le comté. »

La foule applaudit. La mairesse indique à Mel de venir la rejoindre.

« C'est maintenant avec grand honneur que je vous présente le généreux commanditaire du Bal Magnolia, j'ai nommé Mel Devlin ! »

Mel s'avance timidement vers l'estrade sous les forts applaudissements.

« Bonsoir. Je, hum, je... » Mel s'interrompt en apercevant de gros nuages noirs qui couvrent le ciel et en écoutant le rythme angoissant de la musique des fées gothiques qui résonne au loin.

Des lumières fluorescentes surgissent aussitôt dans le ciel, et un murmure de frayeur parcourt la foule. Quelques instants plus tard, les fées gothiques se posent au milieu de la fête et se regroupent en écartant les citoyens de leur chemin. Les trois fées qui transportent Cloé, Yasmin et Dylan les déposent ensuite sous l'arbre.

La fée gothique D.J. se pose sur la scène et repousse l'autre disque-jockey. Elle fait ensuite jouer sa musique techno et la foule se déhanche sur le rythme, des sourires niais apparaissant sur leurs visages. Les fées gothiques forment un cercle autour de la foule avant de se joindre à la danse.

Lina se pose aux côtés de Mel et s'exclame : « Salut, Mel ! »

« Lina ? demande, étonné, Mel. Je t'avais expulsée pour l'éternité ! »

« Ouais, mais je suis parvenue à m'échapper », répond Lina en haussant simplement les épaules.

Elle fait un clin d'œil à Mel avant d'ajouter : « Vous ne pouvez pas empêcher le diable d'agir à sa guise. »

Elle dévisage Mel de la tête aux pieds avant de grimacer : « Vous pouvez enlever ce déguisement ridicule. Les citoyens de la ville sont déjà tous ensorcelés. »

Elle agite la main devant Mel pour l'asperger d'une pluie de poussière écarlate. Son apparence de père traditionnel d'âge mûr cède aussitôt sa place au roi

Melvino, un homme musclé et autoritaire portant des ailes dorées et arborant une chevelure épaisse.

« Ils ne resteront pas ensorcelés bien longtemps, déclare-t-il d'une voix puissante. Il lève majestueusement la main avant de dire : Je t'expulse de... »

Lina l'interrompt avec un petit rire méprisant : « Ne comptez pas là-dessus. Oh, Cymbeline! Viens montrer à papa ce que tante Lina t'a offert. »

Le roi Melvino voit avec inquiétude sa fille avancer vers lui.

« Cymbeline? Que se passe-t-il? »

Cymbeline sourit mesquinement à son père pendant que des ailes surgissent de son dos dans une pluie d'étincelles. Elle bat des ailes insolemment et croise les bras sur sa poitrine en défiant son père.

Il se tourne plutôt vers Lina. « Des ailes? Tu lui as donné des ailes?! »

« Toutes les fées veulent avoir des ailes », rit Lina.

« Mais elle... » proteste le roi Melvino.

« Elle a décidé de vous abandonner pour se joindre à moi, l'interrompt Lina, ce qui affaiblit évidemment votre pouvoir. Oh, et si j'étais vous, je ne compterais pas sur le retour de Breeana de sitôt. »

©MGA

Le roi Melvino jette un regard horrifié vers son ennemie jurée. « Qu'as-tu fait à Breeana ? »

« J'ai dû me débarrasser d'elle », répond Lina avec désinvolture.

À l'intérieur du tunnel, Jade ouvre son cellulaire et utilise la lumière de l'écran pour retrouver ses amies.

« Sasha ? Breeana ? » s'écrie-t-elle. Elle entend les autres filles toussoter tout près du sol et elle se laisse guider par le bruit. Jade constate que des rochers et un tronc d'arbre se sont effondrés autour d'elles dans le tunnel, et que des pièces de métal torsadées surgissent maintenant des décombres.

« Personne n'est blessé ? » demande Sasha en enlevant la poussière de ses vêtements.

« Que s'est-il passé ? » demande, étonnée, Jade en regardant les débris.

« Je pense que Lina a fait tomber la butte sur nous », explique Breeana. Elle essaie de grimper sur un tas de roches qui s'élève jusqu'au plafond, mais les pierres glissent sous ses pieds et elle doit se retenir pour ne pas tomber.

« Nous sommes vraiment coincées à l'intérieur, dit Jade. Nous n'arriverons jamais à grimper ou à creuser suffisamment pour sortir d'ici. »

Sasha regarde son téléphone et pousse un soupir. « Je n'ai pas de signal. »

« Qu'allons-nous faire ? » demande Jade, paniquée.

« J'en sais rien, Kool Kat, répond Sasha. Nos amies sont ensorcelées, mon téléphone ne fonctionne pas et je crois que nous sommes bel et bien coincées ici. »

Les filles échangent un regard inquiet. Elles sont sur le point de se décourager lorsqu'elles entendent de petits grattements au-dessus de leur tête.

« Écoutez, chuchote Breeana. Les bruits se rapprochent. »

« Quel est ce bruit ? » demande Jade.

« Je ne sais pas », fait Sasha.

Un petit tas de roches déboule soudain vers elles, et un petit croissant de lune perce la pénombre. D'autres pierres s'effondrent à l'intérieur, et un trou apparaît au sommet de la grotte. Les grattements s'interrompent aussitôt, puis une petite tête surgit par le trou. Elles aperçoivent une silhouette dans le clair de lune.

« Allô ! s'écrie quelqu'un avec un accent irlandais. Ai-je bien entendu des voix de filles dans cette grotte ? M'entendez-vous ? Vous êtes là ? »

« Alfie ? s'enquiert Breeana. Je pense qu'il s'agit de notre gnome ! » chuchote-t-elle à ses amies.

Alfie brandit une lanterne devant lui, révélant du coup son visage tout en illuminant l'intérieur de la grotte.

« Qui t'attendais-tu à voir ? demande Alfie. Mon cousin Barry le lutin ? Je ne veux pas vous décevoir, mais ce n'est que moi. Reculez un peu, et je vais vous sortir de là en un rien de temps ! »

Les filles s'éloignent du trou et observent Alfie ébrécher les roches avec une petite pioche. Il disparaît quelques instants, puis il revient en compagnie d'une bande de petites ondines qui se faufilent à l'intérieur de la grotte. Ces dernières se précipitent vers Sasha, Jade et Breeana avant de les saisir et de les soulever vers l'ouverture située au sommet de la grotte. Jade et Sasha observent la scène avec émerveillement pendant qu'elles flottent jusqu'à l'extérieur.

Les ondines les déposent à l'extérieur de la butte effondrée, puis s'envolent dans la nuit. Alfie s'appuie contre sa pioche et brandit sa lanterne vers les filles.

©MGA

« Il ressemble à l'horrible nain de jardin que nous avons aperçu près du magnolia », chuchote Sasha. Jade acquiesce lentement.

Alfie s'avance alors vers Sasha. « Tu me trouves horrible ? demande-t-il d'un ton brusque. Je vous ferai remarquer que c'est ce nain horrible qui vous a sauvé la vie au lieu de vous laisser croupir dans votre trou. »

Désolée, Sasha recule en agitant les mains devant elle. « Hé, je suis désolée, mon vieux. Sérieusement, je ne voulais pas… »

« Je m'appelle Alfie, et ne l'oubliez pas ! interrompt le gnome. Je suis le gardien du clan Devlin. Je crois que les filles sont maintenant saines et sauves ! » dit-il par-dessus son épaule.

« Hourra ! » s'exclame une armée de gnomes qui sort aussitôt de l'ombre.

« Ouah, murmure Jade. On dirait une nation de gnomes. »

« Alfie, tu nous as sauvé la vie ! » s'exclame Breeana en soulevant le petit homme pour lui faire un câlin.

Alfie rougit avant de répondre : « Les petits hommes tels que nous ne laisseront jamais les fées gothiques prendre le contrôle. C'est hors de question ! »

« Ces fées gothiques sont ignobles ! » gronde la foule de gnomes.

« Où sont-elles allées ? demande Breeana en déposant Alfie. Où ont-elles emmené Cloé, Yasmin et Dylan ? »

« J'ai entendu dire que vos amis se sont joints à une autre fête », explique Alfie.

« Je parie qu'ils se sont rendus au bal ! » s'écrie Jade.

« Ils veulent s'en prendre à mon père ! s'exclame Breeana. Nous n'arriverons jamais à temps. »

Elle est interrompue par un fort hennissement. Une licorne ailée sautille vers elles en agitant la tête.

« Dempsey ! » lance Breeana.

« Crois-tu vraiment que je n'avais pas pensé à un moyen de transport ? » demande Alfie.

Breeana monte sur le dos de Dempsey. « Y a-t-il de la place pour nous deux ? » demande Sasha.

Avant même qu'Alfie ait le temps de répondre, deux autres licornes ailées sortent de la pénombre.

« Que... Que devons-nous... ? » bredouille Jade.

« Tu n'as qu'à grimper sur le dos de l'animal et tu fileras aussi vite que le vent. » Alfie secoue la tête pour exprimer sa frustration.

« Oh, que vous êtes bêtes ! Je ne sais pas pourquoi je m'acharne à vous aider. »

Les filles se regardent avant de hausser les épaules, puis elles grimpent sur le dos des licornes.

Le troupeau de gnomes les suit aussitôt. Les trois licornes s'envolent vers le ciel étoilé.

« Allons-y ! » s'écrient les gnomes.

« Vas-y, Dempsey ! » s'exclame Breeana.

Sasha et Jade s'agrippent d'abord fermement à la crinière de leurs licornes, mais elles se détendent en apercevant l'air rassuré de Breeana. Elles jettent ensuite un coup d'œil vers Stilesville qui s'étend majestueusement à leurs pieds. Au loin, elles aperçoivent des nuages sombres qui sont entassés au-dessus du parc central.

« C'est l'endroit du bal ! » s'exclame Jade en pointant du doigt.

Alfie sort la tête de la sacoche de Dempsey.

« Hé, bande de mules, pourriez-vous accélérer ? » ordonne-t-il.

Dempsey hennit et se met à battre des ailes avec plus de vigueur.

Chapitre 10

Sous le magnolia, Lina et le roi Melvino se font face et se regardent avec furie.

« Que veux-tu, reine de la malice ? » gronde-t-il.

« Je veux juste avoir un peu de plaisir... » commence-t-elle malicieusement, mais le roi l'interrompt aussitôt.

« Parle-moi sans détour ! » crie-t-il.

« Très bien, siffle Lina. Je veux que vous vous écartiez de mon chemin, car je veux diriger le royaume des fées ! »

« Jamais ! » déclare le roi Melvino.

« Oh, ne soyez pas bête, soupire Lina. Vous ne pouvez pas m'arrêter. Pas plus que votre femme. »

« Ma femme ? » fait le roi Melvino, suspicieux, en plissant les yeux.

« Hum, allô ? Vous vous souvenez de l'étrange blizzard qui est survenu il y a cinq ans ? Croyez-vous vraiment qu'il est apparu de nulle part ? »

Lina rit au visage de Melvino, ce qui le fait grimacer.

« Tu... » dit-il, méprisant.

« Oui, répond Lina. Vous savez, votre femme a tout de suite compris que le blizzard était mon œuvre, et elle savait que ça augurait rien de bon... » Elle agite le doigt devant le roi Melvino. « La situation aurait pu être évitée si vous ne m'aviez pas forcée à m'exiler. En y repensant bien, tout est de votre faute. »

« Que lui as-tu fait ? » interroge Melvino.

« Nous nous sommes engagées dans une grande bataille de sortilèges, explique Lina. Je dois avouer que votre Dee était une adversaire de taille, mais je suis tout de même parvenue à la vaincre. Dommage que cela m'ait pris cinq ans à reprendre mes forces, mais ta-da ! Je suis revenue ! Et grâce à vos filles, je suis maintenant encore plus puissante que vous. »

« C'est ce que nous allons voir. »

Le roi Melvino tend alors le bras en direction de sa fille et s'écrie « Cymbeline ! » Un éclair de lumière dorée tombe sur elle et sur le reste de la foule. Les invités commencent peu à peu à reprendre leurs esprits, l'air confus.

« Que… Que s'est-il passé ? » demande Cloé.

« Que se passe-t-il ? » ajoute Dylan.

Les ailes de Cymbeline disparaissent aussitôt et elle secoue la tête pour reprendre ses esprits.

« Papa ! s'exclame-t-elle en courant vers son père. Je suis désolée ! »

Le roi Melvino met son bras autour de ses épaules pour la réconforter.

« Pour ce qui est de toi ! » hurle-t-il à Lina.

Il brandit sa main vers elle, mais elle riposte avec un éclair de lumière pourpre. Leurs sortilèges s'entrechoquent dans les airs, et celui de Lina parvient à repousser peu à peu celui du roi. Melvino résiste du mieux qu'il peut, mais le sortilège de Lina est plus puissant que le sien et le force à reculer. Il chancèle sous la force de la magie.

« Ha! Vous avez perdu trop d'énergie à sauver ces minables citoyens », raille Lina. Elle agite la main et le roi Melvino s'envole dans les airs avant de retomber lourdement dans la poussière.

« Argh! » gémit-il.

Cymbeline se précipite auprès de son père.

« Non! »

Lina agite de nouveau la main, et Cymbeline s'envole dans les airs. Elle s'écrase contre le magnolia avant de s'effondrer sur le sol, inconsciente.

« Oh, non! » s'exclame Cloé. Elle et Yasmin courent auprès de Cymbeline pendant que Lina se dirige vers le roi Melvino.

« Espèce d'infâme sorcière malicieuse », siffle-t-il en se relevant péniblement.

« Ouais, c'est bien moi, acquiesce Lina. Il est temps de dire au revoir... » Elle lève les bras dans les airs pour lui jeter un sort. « ... Car il est maintenant l'heure de rejoindre votre femme. »

Un fort coup de vent enveloppe aussitôt le roi Melvino. Un éclair s'abat ensuite sur lui et le tonnerre déchire le ciel. Les citoyens de la ville tentent de s'approcher de lui pour le secourir, mais les fées gothiques leur bloquent le passage. Lina s'esclaffe pour célébrer son triomphe, mais son pouvoir commence aussitôt à diminuer.

« Que se passe-t-il ? Ce sortilège devrait n'être qu'un jeu d'enfant. »

Un puissant hennissement déchire alors le ciel. Lina lève les yeux au ciel et aperçoit Breeana, Jade et Sasha qui descendent en flèche vers elle sur le dos de leurs licornes.

« Comment ont-elles fait pour s'échapper ? » s'interroge Lina.

Elle se tourne alors vers les fées gothiques.

« Arrêtez-les ! Éloignez-les de moi ! » ordonne-t-elle.

Breeana se pose à ses côtés, et Lina tombe à genoux, de plus en plus affaiblie. Elle continue tout de même à tirer des boules de feu en direction de Mel, qui se plie en deux de douleur.

Jade et Sasha se dressent brusquement devant la foule, et leurs amis gnomes se dispersent

©MGA

sur la piste de danse. Une fée gothique tente de s'emparer de Sasha, mais sa licorne vient à sa défense en lui infligeant un coup de tête qui la fait tomber sur le sol.

« Merci ! » clame Sasha en serrant le cou de sa licorne.

Breeana, Jade et Sasha se frayent un chemin parmi la foule pour se rendre jusqu'à Lina, mais les fées gothiques forment un cercle bien serré autour de leur chef pour la protéger pendant qu'elle finit de prononcer son sortilège.

Dans la foule, elles entendent alors une voix familière s'écrier : « Bunny Boo ! Kool Kat ! À l'aide ! »

Elles se retournent et aperçoivent Yasmin et Cloé penchées sur Cymbeline. Jade et Sasha se précipitent vers elles. Breeana s'accroupit auprès de sa sœur, mais les deux autres hésitent un moment en regardant leurs amies d'un air suspicieux.

« Hé, Cloé, j'ai entendu dire que tu avais échoué le cours de chimie », s'exclame Sasha.

« Quoi ? Ce n'est pas vrai ! Ma vie est gâchée ! » s'écrie Cloé.

« Je pense qu'elles sont redevenues elles-mêmes », dit Jade à Sasha. Elles s'empressent d'étreindre leurs meilleures amies, soulagées de les ravoir enfin parmi elles.

« Cymbeline, réveille-toi ! supplie Breeana en secouant sa sœur. Je t'en prie, réveille-toi ! »

Breeana jette un coup d'œil vers son père et elle s'aperçoit qu'il est encore étendu sur le sol, se tordant de douleur.

« Je… dois… terminer. Je… dois… réussir ! » s'écrie Lina.

« Tu dois l'arrêter, Breeana! » somme Sasha.

« Aussitôt qu'elle en aura fini avec ton père, elle s'en prendra à toi, ajoute Jade. Tu es la seule qui puisse le sauver. »

« Mais je suis impuissante ! » s'écrie Breeana, des larmes coulant sur ses joues.

« Ne pouvons-nous pas essayer de faire une autre ronde enchantée? demande Jade. Je promets que cette fois-ci, je tiendrai bon. »

Breeana hésite. « Je ne crois pas pouvoir y arriver sans ma sœur », dit-elle.

©MGA

Une douce brise commence à souffler sur les branches du magnolia en fleurs. Un pétale flotte doucement vers le sol et se pose sur le front de

Cymbeline. Une douce lueur blanchâtre illumine alors son visage, et ses joues reprennent aussitôt de la couleur. Ses paupières bougent, puis elle ouvre enfin les yeux. Elle lève les yeux vers les branches qui se dressent au-dessus de sa tête. « Maman ? » chuchote-t-elle.

Les filles se tournent vers Cymbeline, ravies de la voir éveillée. Avant même de pouvoir se réjouir, elles entendent toutefois un gémissement douloureux, et se retournent aussitôt vers le roi Melvino qui est en train de se faire transformer en arbre.

« Un arbre ! s'exclame Breeana, son regard allant de son père jusqu'au magnolia. Cet… Cet… arbre est ma mère ! »

« Lina l'a transformée en arbre ?! » s'écrie Sasha.

« C'est un puissant sortilège, mais il existe un moyen de le rompre, répond Breeana. Tu te souviens, Cymbeline ? Elle nous l'a enseigné lorsque nous étions petites. »

Breeana se relève sur ses pieds avant d'aider sa sœur à faire de même.

« Je me souviens », chuchote Cymbeline.

« Tu te souviens de ses paroles la dernière fois que nous l'avons vue ? » demande Breeana.

« Soyez courageuses… » commence Cymbeline.

« … Serrez-vous les coudes… » poursuit Breeana.

« N'abandonnez jamais et tout ira bien », termine Cymbeline.

Les sœurs s'échangent un regard déterminé, puis elles tendent la main vers celles de leurs amies.

Chapitre 11

Yasmin, Cloé, Jade et Sasha joignent leurs mains à celles de Cymbeline et Breeana, formant ainsi une ronde enchantée autour du tronc du magnolia. Lorsqu'elles complètent le cercle, une lumière blanche illumine soudain le tronc et s'étend jusqu'aux branches les plus élevées.

Lina ressent une poussée d'énergie et se tourne vers les filles, mais elle ne peut intervenir, trop concentrée sur le sort à jeter au roi Melvino.

« Arrêtez-les ! » ordonne-t-elle à ses disciples.

Les fées gothiques se ruent vers le cercle des filles, mais les licornes et l'armée de gnomes les interceptent.

« Aaaah ! » s'écrie Alfie en fonçant vers elles. Une fée gothique se précipite aussitôt vers lui en levant les mains pour lui jeter un sort. Alfie saisit deux tartelettes sur la table à dessert et les lance directement dans les yeux de la fée. Cette dernière titube, des étincelles vertes surgissant de la pointe de ses doigts. Alfie baisse la tête, et le sortilège atteint plutôt une autre fée gothique qui s'effondre sur le sol. Alfie saisit rapidement un gâteau au chocolat et le lance sur le sol pour que le visage de la fée s'écrase dans le glaçage chocolaté qui se répand un peu partout. Alfie ramasse ensuite un biscuit qu'il croque avant de se lancer vers l'ennemi pour poursuivre la bataille.

Cymbeline, Breeana et leurs amies ignorent le brouhaha et se concentrent plutôt sur l'arbre qui s'illumine sereinement.

Lina leur lance un regard inquiet.

« Laissez tomber, les filles ! s'écrie-t-elle. Vous ne pourrez jamais résister aux effets du sortilège ! »

Pendant que les filles concentrent leur énergie, l'arbre se transforme en colonne de glace bleutée. Les filles frissonnent sous l'effet du froid insoutenable, leur souffle s'embuant devant leurs visages.

« Soyez courageuses… Serrez-vous les coudes… » murmure Breeana.

« Je n'en peux plus ! » s'écrie Cymbeline.

L'arbre s'enflamme aussitôt et le feu jaillit jusqu'au ciel. Les filles hurlent.

« Soyez courageuses ! insiste Breeana. Serrez-vous les coudes ! »

« Ne laissez jamais tomber ! » ajoute Cymbeline en se ressaisissant.

L'arbre se transforme ensuite en une marée de serpents qui se tortillent. Ils sifflent devant le visage des filles et agitent la langue en dévoilant leurs crochets. Les amies sursautent et se séparent presque, mais elles scandent plutôt le refrain toutes ensemble : « Soyez courageuses… Serrez-vous les coudes, ne laissez jamais tomber. »

L'arbre tremble, et les filles le regardent, terrifiées. Elles s'apprêtent à fuir lorsqu'un puissant gronde-ment provenant des racines de l'arbre aspire les serpents vers l'intérieur de la terre. L'arbre reprend aussitôt son état normal. Une lumière blanche et aveuglante surgit ensuite du feuillage et enveloppe les filles de son brillant éclat.

Tous les invités de la fête s'immobilisent sur place, abasourdis. La lumière se résorbe aussitôt et Dee Devlin apparaît au milieu du cercle, dans toute sa délicatesse et sa splendeur. Elle regarde fièrement ses filles et leurs amies.

« Beau travail, les filles », reconnaît-elle.

Elle se tourne ensuite et jette un mauvais sort aux fées gothiques. Ces dernières disparaissent en émettant un cri perçant.

Lina a toutefois réussi à compléter son sortilège. Elle s'effondre sur le sol, épuisée.

« Vous êtes arrivée trop tard, Dee, siffle-t-elle. J'ai déjà prononcé le sortilège. »

« Oui, mais tu oublies un détail, répond Breeana. Maintenant nous savons comment le rompre. »

« Hum, je n'avais effectivement pas pensé à ça », admet Lina.

« Les filles, prenez mes mains, dit Dee à ses filles. Breeana et Cymbeline prennent chacune l'une de ses mains. Jade constate que quatre breloques sont maintenant suspendues à leurs bracelets.

« Ensemble, nous pouvons certainement y arriver », déclare Dee. Elle lève ses mains en serrant celles de ses filles, et une onde d'énergie blanchâtre surgit alors du parc avant de faire tomber Lina sur le sol.

« Aaaah », gémit Lina.

Le nouvel arbre disparaît dans un éclat de magie, faisant aussitôt apparaître le roi Melvino.

©MGA

« Ma chérie ! » s'exclame-t-il avant de se précipiter pour embrasser sa femme.

« Melvino », murmure Dee.

Ils attirent ensuite leurs filles vers eux pour se faire un câlin en famille, puis Melvino se tourne vers Lina qui est en train de se remettre sur ses pieds en époussetant ses vêtements.

« Pour ce qui est de toi, tu n'as plus besoin de ce déguisement ridicule », lui annonce-t-il.

Il agite la main, et une onde dorée enveloppe aussitôt Lina. Cette dernière se transforme soudain en corbeau.

« Souviens-toi que l'égoïsme n'apporte jamais rien de bon », déclare-t-il.

« Allez-vous encore m'exiler ? » croasse le corbeau.

« Oui, répond le roi Melvino. Et la prochaine fois que tu songes à t'opposer à un roi, souviens-toi de ceci : un sortilège qui te prend cinq ans à parfaire ne me prend qu'une minute. »

Sur ce, il projette Lina à l'intérieur d'un arbre flétri et décharné.

« Un jeu d'enfant », raille-t-il. Il se retourne vers sa famille et ils se serrent une fois de plus de leurs bras.

Chapitre 12

« Je suis si heureux que vous soyez saines et sauves », s'écrie Melvino en tenant sa femme et ses filles près de lui.

« Papa, je suis désolée, chuchote Cymbeline. Tout est de ma faute. J'ai désobéi aux règles… »

« Chut, ça va, murmure son père en caressant ses cheveux. Tout s'est arrangé. »

« J'ai moi aussi désobéi aux règles, admet Breeana. J'ai offert la vue magique à Sasha et Jade. »

Son père plisse aussitôt les yeux. « Tu as fait quoi ? » demande-t-il en fronçant les sourcils.

« Papa, elle a fait cela pour me sauver », proteste Cymbeline.

« Sans mes amies, je n'aurais jamais pu arrêter Lina ! » explique Breeana.

Melvino regarde sa fille droit dans les yeux et cette dernière lui rend son regard, terrifiée. Il esquisse toutefois un sourire rassurant.

« Je sais que tu l'as fait par amour et non pas par égoïsme, déclare-t-il. Tu as bien fait de te fier à ton instinct. Tu nous as sauvé la vie. Je crois que je pourrais être un peu plus flexible au sujet des gens qui n'ont pas de pouvoirs magiques. »

Il se tourne ensuite vers Jade, Cloé, Sasha et Yasmin. « Pour ce qui est de vous, ma famille vous doit énormément de gratitude », annonce-t-il.

« Nous sommes simplement heureuses de vous avoir aidés, monsieur », répond Jade.

« Cela prend beaucoup de courage pour résister aux effets du sortilège d'une fée gothique », dit Dee aux filles.

Dee échange un regard avec son mari, et il acquiesce pour signaler son approbation. Elle lève la main et un éclat brillant enveloppe aussitôt Breeana et Cymbeline. Des ailes étincelantes surgissent alors de leurs dos.

« Nos ailes ! » s'exclame Breeana.

« Maman, es-tu bien certaine ? » demande Cymbeline.

« Oui, répond sa mère. Vous les avez bien méritées. » Elle se tourne ensuite vers Jade, Cloé, Sasha et Yasmin avant d'ajouter : « Et vous, les filles, vous avez le privilège de conserver vos connaissances sur le Royaume des Fées. »

« Je crains toutefois que vous ne puissiez jamais en parler à personne, ajoute le roi Melvino, et je dois malheureusement vous retirer votre vue magique. »

« Je me doutais bien qu'il allait dire ça », soupire Sasha.

Melvino passe sa main devant les yeux des filles, et ces dernières clignent aussitôt des paupières. Tout semble à nouveau normal – Melvino ressemble une fois de plus au bon vieux Mel, et toutes les ailes ont disparu.

« Si jamais vous avez besoin d'une fée marraine, vous savez où nous trouver », leur dit Dee.

« Je n'y manquerai pas », répond Cloé.

Mel lève ensuite la main et une lumière dorée enveloppe Dylan et les autres invités.

« C'est un sortilège pour qu'ils oublient ce qui vient de se produire », explique-t-il.

Le D.J. redémarre la musique et les invités se remettent à danser comme si de rien n'était.

« Oh, non ! s'écrie une dame grassouillette en apercevant l'arbre flétri de Lina. Qu'est-il arrivé à notre magnolia? Il est devenu tout sec! Il est horrible! »

« Je l'arracherai demain et j'en planterai un nouveau », promet la mairesse.

Mel et Dee s'échangent un sourire, et Mel tend la main vers sa femme.

« Veux-tu m'accorder cette danse, ma chérie? »

Dee saisit la main de son mari, et ils s'élancent sur la piste de danse sous le regard heureux de leurs filles.

Dylan s'avance vers ses amies. « J'ai terriblement mal aux cuisses, gémit-il. C'est comme si j'avais dansé sans arrêt pendant des jours! » Il aperçoit ensuite Breeana non loin de lui et lui fait un sourire, « Mais ça ne veut pas dire que je ne peux pas t'accorder une autre danse, jeune fille. »

« Moi? s'exclame joyeusement Breeana. Tu me demandes vraiment de danser? »

« Est-ce que c'est sécuritaire de danser? » demande Sasha.

« Oui, c'est tout à fait sécuritaire de danser à présent », répond Breeana en saisissant la main tendue de Dylan.

« Les filles, commence Cloé en se tournant vers Sasha et Jade. Pourquoi est-ce que Yasmin et moi portons des ailes? Et que s'est-il passé exactement ? J'ai le pressentiment d'avoir manqué une bonne partie de la soirée. »

« Cette fois-ci, ton pressentiment est exact, Cloé », répond Jade.

« Nous vous expliquerons plus tard », promet Sasha.

Tandis que les quatre amies s'éloignent, Jade se penche vers Sasha : « Penses-tu que demain matin, nous croirons encore à tout ce qui vient de se produire, ou est-ce que nous croirons que ce n'était qu'un rêve ? » demande-t-elle.

« Oh, j'ai le pressentiment que nous allons bel et bien y croire », fait Sasha en souriant. Elle sort alors les lunettes de soleil que Breeana lui avait offertes et les enfile en rigolant. Puis elle trébuche et tombe par terre.

« Aïe ! Qui a mis cet horrible nain de jardin en plein milieu du chemin ? »

Alfie lui lance alors un regard furieux.

« Oh, désolée, Alfie. Je retire ce que j'ai dit ! »

Cloé, Jade et Yasmin rigolent pendant que Sasha tente de calmer le nain grincheux.

« Allons, Sasha. Rentrons à la maison, dit Jade en posant son bras autour des épaules de Sasha. Je pense que tu as vécu assez d'émotions pour aujourd'hui. »

« Je pense que j'ai vécu assez d'émotions pour le reste de ma vie », déclare Sasha.

« Oh, tu ne crois pas vraiment ce que tu dis, se moque Cloé. Tu sais très bien que tu ne peux pas te passer d'émotions fortes. »

Les filles éclatent toutes de rire, puis Jade leur annonce : « Vous m'avez manqué, les filles. »

« Nous aussi », répond Yasmin.

« Amies pour la vie ? » demande Sasha.

« Bien sûr ! » répond Cloé.

©MGA

Les filles se prennent par le bras et se dirigent vers la maison de Cloé, heureuses d'être enfin réunies.